colección alandar

La piel de la memoria

Jordi Sierra i Fabra

EDELVIVES

Dirección editorial:
Departamento de Literatura GE

Dirección de arte:
Departamento de Diseño GE

Diseño de la colección:
Manuel Estrada

Fotografía de cubierta:
Photonica

1ª edición, 26ª impresión: diciembre 2018

© Del texto: Jordi Sierra i Fabra
© De esta edición: Grupo Editorial Luis Vives, 2002

Impresión:
Edelvives Talleres Gráficos. Certificado ISO 9001
Impreso en Zaragoza, España

ISBN: 978-84-263-4860-9
Depósito legal: Z 83-2012

Todos los derechos reservados. Cualquier forma de reproducción, distribución, comunicación pública o transformación de esta obra solo puede ser realizada con la autorización de sus titulares, salvo excepción prevista por la ley. Diríjase a CEDRO (Centro Español de Derechos Reprográficos) si necesita fotocopiar o escanear algún fragmento de esta obra (www.conlicencia.com; 91 702 19 70 / 93 272 04 47).

El 0,7% de la venta de este libro se destina al Proyecto «Mejora de la Calidad y oferta educativa del ciclo diversificado del Instituto Tecnológico Quiché de Chichicastenango (Guatemala)», que gestiona la ONG Solidaridad, Educación, Desarrollo (SED).

FICHA PARA BIBLIOTECAS

SIERRA I FABRA, Jordi (1947–)
La piel de la memoria / Jordi Sierra i Fabra. – 1ª ed., 26ª reimp.
– [Zaragoza] : Edelvives, 2018
194 p. ; 22 cm. – (Alandar ; 1)
ISBN 978-84-263-4860-9
1. África. 2. Esclavitud. 3. Explotación infantil. 4. Amistad.
I. Título. II. Serie.
087.5:821.134.2-31"19"

Cada una de las partes
de esta historia
está sucediendo ahora mismo.

Que la amnesia y el silencio
no maten por segunda vez
a decenas de millones de esclavos.

Frase escrita en el monumento
a los esclavos que iban a América.
Benín, África.

carta de presentación

No es normal comenzar una novela con una carta del autor. Una novela suele ser —casi siempre— algo lúdico, un entretenimiento, un placer de los sentidos, aunque también nos ayude a pensar, a reflexionar, y a conocer el mundo en que vivimos tanto como a nosotros mismos a través de los sentimientos que nos despierta. En este caso, la carta es sólo una puntualización en voz alta, y una aclaración para quien decida sumergirse en esta historia.

Durante mis treinta años de viajero he visto muchos niños y niñas viviendo en situaciones precarias en los cinco continentes, niños vendidos y esclavizados en Asia y en países africanos, niños víctimas de religiones absolutistas y casados a la fuerza, niños en campos de refugiados en Hong Kong, niños que removían basuras buscando alimentos en México o en Brasil, niños desplazados por la guerra en Colombia, niños desprovistos de su identidad en Tíbet, niños y más niños que, cuando me hablaban, lo primero que me transmitían era su inocencia.

La misma inocencia que he querido dejar patente en esta obra.

La piel de la memoria no es un exhaustivo reflejo de la situación en África, sino un ejemplo de lo que es la esclavitud en el mundo actual y, más concretamente, en un punto de nuestro planeta tierra. Tampoco pretende ser un auto de fe o un documentado texto sobre usos y costumbres, religiones y modos de vida en la tierra que describo. Mi única intención ha sido mostrar a través de los ojos de un niño que no sabe nada, porque nadie le ha enseñado, lo que percibe de una situación dramática que se inicia cuando su padre le vende y se ve arrancado de su hogar y obligado a trabajar brutalmente. En mis viajes, siempre que he hablado con niños o niñas, he visto en sus ojos esa inocencia pura e incontaminada. Y esa es la inocencia que he querido preservar en mi protagonista. Él nos cuenta la historia, su historia, y lo hace en primera persona desde la ignorancia. Poner en sus palabras o sus pensamientos reflexiones ajenas a su realidad habría sido falsear la verdad. Por lo tanto, esta novela no es un tratado social, político, religioso o económico en torno a un mundo, sino la voz transparente de uno de tantos protagonistas del horror humano.

Así es como he querido transmitirlo.

El título lo he tomado de una experiencia que tuvo lugar en Medellín —Colombia— en la que intentaban convertir lo cotidiano en arte público. Un autobús recorría el barrio de Antioquía —más conocido hoy como Trinidad— recogiendo objetos de sus habitantes; pero objetos con historia, la historia y los recuerdos de sus protagonistas. Me pareció un hermoso nombre y decidí «tomarlo prestado» para esta novela.

prólogo
LOS RECUERDOS

Me llamo Kalil Mtube y nací en una aldea de Malí que ni siquiera sale en los mapas, Mubalébala, al sur de Bankass y muy cerca de la frontera con Burkina Faso. Una aldea pequeña y perdida, lejos de cualquier parte, sin nada, sin electricidad, sin comodidades. De niño creía que no había otra cosa, que el mundo entero era mi pequeño mundo. Desconocía distancias, razones, porqués, cuándos y cómos. Sabía que mi madre me daba amor y que mis hermanos y hermanas, todos más pequeños que yo, estaban siempre cerca. No era una vida fácil, pero a mí me lo parecía. No sabía nada, y en mi ignorancia, era feliz.

Pero la ignorancia es también la raíz de muchos de nuestros males.

Cuando tenía siete u ocho años, tal vez nueve, porque el tiempo se distorsiona en la infancia, el hombre sabio de mi pueblo, Mayele Kunasse, me habló del mundo. Me dijo que tras las montañas, los desiertos, la sabana y las llanuras llenas de valles y ríos que nos envuelven, había otros paisajes, otras gentes —incluso de otros colores—, y otras formas de ser y de entender la vida, extraordinarias, misteriosas e inquietantes al mismo tiempo. Fue Mayele Kunasse el que pobló mi mente de sueños por primera vez y el que la llenó de luces. Yo era un niño, ávido de inquietudes, dispuesto a abrir mi corazón. Un niño que veía y absorbía, que esperaba y creía. Era inocente. Todavía. Y desde entonces, siempre supe que un día abandonaría mi casa, mi pueblo, para ver ese otro mundo, aunque, según Mayele Kunasse, era peligroso, cruel, amargo. Un mundo egoísta en el que los seres humanos se odiaban entre sí.

Podría decir que ahora sé muchas cosas, que Mayele Kunasse tenía razón y que no la tenía, porque a lo largo de mi experiencia y después de ella, yo conocí primero el dolor, la soledad, la injusticia, pero después, finalmente, hallé la paz y la bondad. Podría decir que, en efecto, el mundo es grande, y que en él viven personas felices en países felices y personas tristes en países tristes, y también personas felices en países tristes y personas tristes en países felices. Hoy sé que en mi tierra, África, millones de personas se mueren de sida. Sé que las guerras que nos asolan, tribales o no, son la herencia del colonialismo que nos dominó desde tiempos remotos. Sé que hay un África seca y sin agua que mata a miles de personas llevándolas a la hambruna. Y sé que hay un África que espera, que confía, que tiene un futuro, aunque nos parezca lejano, tan lejano que hoy se nos antoja imposible.

Lo sé.

Como sé que hay millones de niños, no sólo en mi tierra sino en todo el mundo, que han pasado, pasan y pasarán por lo mismo que pasé yo: la esclavitud.

La esclavitud en pleno siglo XX, y en pleno siglo XXI.

Sí, yo sé todo eso ahora. Lo amargo es que también lo sepan millones de personas más, y que ellas, pudiendo, no hagan nada.

Lo que voy a contar es la verdad, mi verdad, aunque ahora lo recuerde con la distorsión del tiempo. Cuando sucedió, yo no conocía apenas nombres o detalles, si pasábamos por tal ciudad o por tal río. Así que mi relato ofrecerá matices que en aquellos días me eran desconocidos. Intentaré que entendáis lo que sentí y lo que vi, aunque emplee palabras que entonces no sabía. Intentaré ser directo y razonable, usar un lenguaje comprensible sin demasiados términos difíciles. Lo intentaré para que os sumerjáis en la historia, no en sus «detalles africanos» más simples o irrelevantes. Mayele Kunasse me dijo un día: «Habla siempre con el corazón. Y si tu corazón enmudece, no hables».

Hoy hablo con el corazón, pero con palabras que surgen de mi mente.

Me llamo Kalil Mtube y esta es mi historia, tal y como la recuerdo.

EL CAMINO

Venta

No supe que mi padre me estaba vendiendo; ni siquiera cuando escuché aquel extraño diálogo.
—¿Cuánto?
—Veinte.
—Es mucho.
—Es fuerte.
—Está delgado.
—Pero es fuerte.
—¿Qué edad tiene?
—Catorce.
—No parece tener más de doce.

Iba a decir que tenía doce años, en efecto. No entendía por qué mi padre se equivocaba, o mentía. Pero cuando busqué sus ojos él me los hurtó, esquivos, lo mismo que un ciervo huyendo de la flecha que le persigue.

—Encontraré otro comprador.

Mi padre fue a cogerme de la mano.

—Espera —le detuvo el hombre—. Te doy diez.

—Es muy poco. Necesito veinte.

—Nadie te dará veinte.

—Diecinueve.

—Once.

—Dieciocho.

—Doce.

No sabía de qué hablaban, salvo que lo hacían de mí.

Los ojos de mi padre siempre habían sido profundos, pero desde la muerte de mi madre, esa profundidad se había hecho angosta. La mirada surgía de lo más hondo de aquellas cuevas, y estaba dolorida. Por primera vez, en el último año, habíamos pasado hambre. La tierra se secaba y los animales se morían. Como ella. Como Kebila Yasee.

La recuerdo hermosa... pese a que con el nacimiento de mi noveno hermano enfermó y perdió toda su energía.

—Diecisiete.

—Trece.

—Dieciséis.

—Catorce.

—Quince.

—Quince.

Se dieron la mano.

Después, el hombre extrajo de su bolsillo aquel dinero. Se llamaban dólares. Eran verdosos y estaban muy arrugados. Los contó y se los entregó a mi padre.

Tras ello, mi padre me miró por última vez.

Y en lo más profundo de aquellas cuevas, en cuyo fondo estaban sus ojos, vi los ríos de la Luna apaciguados y contenidos por la presa de su emoción.

Mi padre no lloró ni con la muerte de mi madre, aunque, tras ella, pasó muchos días solo.

—Prométeme que tendrá una vida mejor —le dijo al hombre.

—La tendrá —aseguró él—. Una familia, estudiará, trabajará...

Mi padre bajó la cabeza y, entonces, se dio media vuelta y echó a andar.

Yo traté de seguirle, pero el hombre me retuvo.

—¿Padre?

Silencio.

—¡Padre!

Quise caminar tras él. Entonces la mano que me sujetaba me apretó el hombro como una garra.

Forcejeé.

—¡Padre!

—Quieto —dijo el hombre.

Mi padre empequeñeció. La distancia lo robó de mi cercanía. Su olor, su calor, su gesto. Todo se hizo difuso. Recuerdo sus pies desnudos hollando la senda que nunca volvería a pisar. Recuerdo su espalda encorvada. Recuerdo, también, el recodo del camino que lo devoró igual que un león agazapado.

—Padre... —susurré por última vez.

Y al desaparecer él, en la mano del hombre apareció, como por arte de magia, una vara de madera con la que me golpeó de pronto.

—¡Vamos, andando! —me gritó.

Vara

Supe que algo muy grave estaba sucediendo.

Yo no entendía nada, pero tampoco era ignorante. Había visto transacciones en el mercado, el regateo de los vendedores y los compradores. Y algo más. Anake Musampa desapareció un día del pueblo, y sus padres no dijeron nada a nadie. Pero muchos vieron llorar a su madre. Y a los pocos días, tenían una vaca que alimentó al resto de la familia. Mi padre también soñaba con una vaca.

Miré al hombre. Miré la mano que empuñaba la vara. En sus ojos no vi amor, sino dureza. En su mano no vi ternura, sino crueldad. Hice un vano gesto de escapar y no lo logré. La vara se incrustó en mi espalda. El viento se cortó en ese momento y el fuego penetró en la herida. Fue un seco restallar, aunque no emití ningún sonido de dolor. «Nosotros no nos quejamos», solía decirme Mayele Kunasse. Y él era sabio. Así que le creía.

Dijeron que Anake Musampa estaba estudiando lejos, y que un día volvería convertido en un hombre justo y pudiente. Rico.

Era mi amigo, así que le eché de menos.

—Camina —me ordenó el hombre.

Su transporte, un todoterreno viejo y destartalado, esperaba a menos de diez metros. El camino vacío por el que mi padre se había ido era ahora el paraíso perdido. El hombre levantó la vara y yo me protegí con los brazos. No llegó a pegarme. Sentía una gota de sangre bajando por mi desnuda espalda. Mi mente estaba seca.

Sí, supe que algo muy grave estaba sucediendo, pero lo peor era que algo aún más grave iba a suceder.

El hombre me hizo subir al coche, y una vez en él, me encadenó. A ambos lados del suelo había unos tubos metálicos firmemente soldados. Puso un grillete en uno de ellos y me sujetó el otro al pie izquierdo. No dijo nada. Cerró la puerta y se sentó en el asiento del conductor, puso en marcha el coche y nos alejamos.

En una hora yo estaba más lejos de mi pueblo de lo que jamás hubiera soñado estar.

Y viajamos muchas más.

El vehículo no tenía cristales sino plásticos amarilleados por el sol. La cubierta era de lona. Tan sólo veía tierra que cambiaba, más y más, distinta a medida que el coche daba tumbos por ella. Los caminos eran a veces tan polvorientos que se levantaban nubes envolventes que daban a la escena un aspecto fantasmal. No transitábamos por carretera alguna. Éstas, como supe después, tienen asfalto, y conducen al mundo. Los caminos son de tierra, y llevan a los pueblos y las montañas, la selva y la vida.

Al anochecer, yo creía que estaba al otro lado del universo.

Cuando nos detuvimos, el hombre me entregó un cuenco de barro con algo de arroz y pasta de ñame[1]. Tenía hambre, así que lo devoré. También me dio agua. Yo estaba atemorizado por su vara, pero más miedo tenía por lo desconocido, por saberme lejos de mi casa y de mi pueblo. Tenía más hambre, pero no le pedí más comida.

—¿Y mi padre?

---

[1] Especie de puré que se elabora con ñame, cocido o asado, y al que se añade harina de maíz.

No hubo respuesta. El hombre comía al pie del todoterreno. Yo seguía dentro, encadenado al tubo, ahora sentado en cuclillas en el suelo.

—¿Por qué...? —intenté volver a hablar.

El hombre tomó su vara. La levantó. Iba a ser su voz en los días siguientes, y aprendí a obedecerla. Aún me dolía la espalda del primer golpe. Callé y bajé la cabeza, rebañé mi cuenco. Cuando el hombre instaló una pequeña tienda de campaña y se metió en su interior, supe que a mí me tocaba dormir en el coche, tumbado en el suelo.

Mi primera noche fuera de casa y sin libertad transcurrió en silencio.

En mi interior, sin embargo, había una gran tormenta que apenas si me dejó conciliar el sueño.

Propiedad

Reemprendimos el camino al amanecer. Para mi hambre no hubo comida, para mi sorpresa sí hubo palabras. El hombre me dijo su nombre.

—Me llamo Zippo.

No sabía qué clase de nombre era aquel.

—Soy como el fuego, así que tengo nombre de encendedor.

Y se echó a reír, aunque yo no lo entendí.

Pero le pregunté:

—¿Y mi padre?

—Cállate. ¿Cuál es tu nombre?

—Kalil Mtube.

—Te llamaré Ka.

No era de Malí. No sabía de dónde era. Vestía ropas occidentales, pantalones caqui, camisa muy sudada, botas gruesas, sombrero de ala ancha. Su piel era un poco más clara que la mía y estaba ligeramente obeso.

—No me llamo Ka.

Cogió la vara y me llamé Ka.

Aquel día recorrimos más y más distancia. Kilómetros lo llamaba él. Y se detuvo cerca de dos pueblos. Regresó, en ambas ocasiones, con las manos vacías y aire enfurruñado, rezongando improperios por lo bajo. No sabía qué hacía ni qué buscaba, pero mi mente se iba formando una idea de lo que estaba pasando. No entendía los motivos ni conocía las palabras, pero me daba cuenta de que una transacción es una transacción en cualquier parte. Dinero a cambio de algo. Y yo había sido ese algo.

Cuando arrancó el todoterreno la segunda vez, anduvo unos kilómetros a tanta velocidad que estuvimos a punto de volcar. Entonces, volvió a la prudencia y dejó que sus nervios se calmaran. Bebió agua.

—Tengo sed.

No me quiso escuchar.

—Por favor, señor Zippo.

Me tendió la cantimplora y bebí.

Por la noche volvió a parar en mitad de ninguna parte y me sirvió otro cuenco con comida y agua. La devoré más rápidamente que la noche anterior, y con la mirada le supliqué un poco más sin que su corazón se conmoviera. Parecía meditabundo. No me desencadenó en ningún momento y dormí, de nuevo, en el suelo metálico y herrumbroso del coche.

Esta noche pensé en mis hermanos y hermanas, en lo que nuestro padre les habría dicho, y en mi madre, cuya esencia debía de vagar por el país de las estrellas, libre de los pesares de la tierra. Mayele Kunasse, que para algo, insisto, era el hombre sabio de mi pueblo, me había dicho que hay una vida mejor más allá de la razón y que viajamos hacia ella cuando nuestro cuerpo se enfría. Lo llamaba Paz Eterna.

Con el nuevo amanecer, el hombre me miró a los ojos y me dijo:

—Te has portado bien. Bebe.

Y bebí.

Pero después no olvidé preguntarle:

—¿Y mi padre?

—¡Maldita sea! —gritó—. ¿Quieres dejar de preguntar eso? ¿Es que no te das cuenta de que no volverás a verlo? ¿Eres estúpido o qué?

—¿Por qué no volveré a verlo?

—¡Porque ahora eres mío, y será mejor que sigas portándote bien!

—Me porto bien.

—Que así sea, o te despellejaré vivo —blandió su vara, como una mariposa de madera, frente a su rostro.

—Pero yo no soy tuyo —le dije.

La vara me cruzó la cara.

Me miró desde lo alto, mientras yo lloraba de dolor.

—Oh, sí lo eres —escupió al suelo cada palabra—. Mío y bien mío. He pagado mi buen dinero por ti. Trabaja duro y quizás algún día puedas volver a casa, y también con dinero. Depende de ti, chico. Ahora dime, ¿vas a darme problemas?

Me escocía la mejilla.

—No —sollocé.

Zippo me sacó del todoterreno e hice mis necesidades —en algún momento me había advertido que si orinaba o defecaba dentro me haría limpiarlo con la lengua—, y volvimos a reemprender la marcha.

Descendíamos hacia el suroeste.

Aquel día no fue mejor que el anterior. Y, en otras dos ocasiones que el hombre se detuvo cerca de algún poblado, regresó con las manos vacías y, cada vez, más y más enfadado. Yo quería que pudiese encontrar lo que buscaba. Lo deseaba con toda mi alma.

Madre

Todo fue distinto desde que mi madre murió.

La vi extinguirse en la choza del poblado, sin fuerzas, cada día con menos carne entre la piel y los huesos. A mi noveno hermano tuvo que amamantarlo Nyae Doussouna, cuya hija había muerto al nacer; por eso tenía los pechos rebosantes de una leche preciosa que no podía desperdiciarse. Yo pasaba muchas horas de mi tiempo a su lado, cuando no era necesaria mi presencia en los campos o mi padre andaba ocupado en otras labores. Mi madre era dulce, sus manos eran firmes, ásperas como la tierra, pero agradables como las canciones que emanaban de sus labios. Era ya muy mayor, pero no tanto como para que la muerte la alcanzase. Creo recordar que tenía poco más de treinta primaveras.

—Me voy —me dijo aquel día.
—¿Adónde?
—Al país de las estrellas.
—Quiero ir contigo.
—No puedes.
—¿Por qué?

—Porque aún no es tu turno. Tienes que quedarte aquí y trabajar. En cambio, a mí me ha llegado la hora.

—¿Volverás?

—No se regresa del país de las estrellas.

—Entonces no vayas.

—Debo ir.

—¿Dónde está el país de las estrellas?

Mi madre señaló al cielo. Era de noche y sobre nuestras cabezas brillaban miles de puntos luminosos titilando en una sinfonía mágica. Una noche oscura, sin luna. La clase de noche en la que, según Mayele Kunasse, el cazador sale a cazar.

Un gran cazador invisible iba a llevarse la luz que desprendía el corazón de Kebila Yasee.

—Madre...

—Cuida de tus hermanos y hermanas. Protege a tu padre, puesto que eres el mayor. Búscame en el país de las estrellas cada vez que te sientas solo. Haré que una brille un poco más para ti, o tiemble y te transmita mi afecto.

Miré al país de las estrellas, pero no vi nada.

—Madre —llamé.

Los árboles oscurecían el cielo. Por entre las ramas y hojas, apenas si se vislumbraba un pedazo de cielo. Me sentí tan solo, de pronto, que temí que mi mente se volviera del revés como le había sucedido al viejo Ngoro, al que todos reverenciaban como santo porque vivía en el lado oculto de su cerebro.

Extraño. En Occidente a los llamados locos se los encierra, mientras que en otras culturas se los ensalza, se los cuida y se los protege. Son seres iluminados.

Sí, extraño mundo. Una misma cosa es blanca para unos y negra para otros. Buena para aquellos, mala para los demás.

Estaba agotado, así que me dormí. Finalmente.

Hasta que, al amanecer, de nuevo, me despertó la primera sacudida que dio el todoterreno al volver a ponerse en marcha y la voz malhumorada de Zippo.

Compañía

Aquella mañana Zippo regresó al automóvil con un... ¿Cómo llamarlo?

¿Amigo? ¿Compañero? ¿Hermano?

Su piel era negra como la mía, sus ojos mi reflejo amedrentado, su cuerpo mucho más delgado y enteco. El hombre lo arrojó al interior del todoterreno y, cuando el recién llegado quiso escapar como un pez entre las manos, la vara de Zippo reapareció casi como por arte de magia, y le selló la espalda igual que me lo había hecho a mí. El niño emitió un grito de dolor y reculó hacia el interior del coche.

—¡Déjame!

La vara se abatió sobre él otras dos veces. La primera sobre los antebrazos que protegían su rostro. La segunda sobre las piernas. Los cuatro segmentos rojizos se convirtieron en una misteriosa *X* que se rompió al echarse a llorar, desdibujando su figura. Jamás había visto en un rostro tanto pavor.

Claro que yo tampoco había visto el mío.

—¡Madre! —llamó el chico.

La suya vivía.

Zippo lo encadenó, como a mí. Ya no hubo resistencia. Las heridas escocían. Lo sabía muy bien, pues aún me ardía la de la espalda. Y nada más abrirse, las moscas volaban desde todas partes para hurgar en ellas. El recién llegado se sentó frente a mí y me miró con odio, sin advertir que yo también estaba encadenado. Iba a decir algo, pero nuestro captor, que debía de tener algo de brujo, nos ordenó:

—¡Y callaos!

Así que callamos.

El todoterreno se puso en marcha y volvimos a rodar otras dos o tres horas, según calculé por la posición del sol. Circulábamos por caminos cada vez más impenetrables que Zippo parecía conocer bien. Le oí canturrear, así que lo imaginé contento. Pese a todo, ni el chico nuevo ni yo hablamos. Él se arrebujaba al fondo, aguantando, como podía, los zarandeos del vehículo, mientras yo intentaba que la argolla del pie no me lacerase más la carne. Cuando vi que el niño se orinaba encima, abrí los ojos y moví la cabeza mostrándo una cómplice discreción, pero advirtiéndole de que aquello era malo. Todo en silencio. Zippo estaba demasiado distraído conduciendo y no nos prestaba atención.

Fue a mediodía cuando, por fin, el coche se detuvo y el hombre bajó a estirar los brazos y las piernas. Examinó la hora. Yo había visto alguna vez un reloj, y hasta había tocado uno, muy bonito, dorado, de unos comerciantes de Burkina Faso que pasaron una vez por mi pueblo conduciendo una camioneta pintada de colores. El de Zippo era grande y tenía muchas esferas. A veces hacía ruidos extraños. Siempre que zumbaba, Zippo extraía algo de una cajita que llevaba en el bolsillo, y lo ingería.

Creía que era cosa de magia.

Nos dio la comida y el agua y a continuación echó a andar, internándose por la espesura. No sabíamos si estaba haciendo sus necesidades o...

Pero era la primera vez que estábamos solos desde su llegada.

Así que hablamos.

Amigo

—¿Cómo te llamas?
—Ieobá Bayabei.
—Yo soy Kalil Mtube.
—¿Por qué estamos encadenados?
—Nos ha comprado.

El niño me inundó con una mirada que jamás olvidaré. Cuando tenemos que asumir lo absurdo, la verdad no tiene sentido. Para él aquello era tan ilógico como lo había sido para mí. Una pesadilla.

—¿Quién nos ha comprado? —balbuceó.
—Él. Zippo.
—¿El señor Duadi Dialabou?
—¿Se llama así? A mí me dijo que se llamaba Zippo. ¿Qué más daba cómo se llamase?

Los ojos de Ieobá Bayabei volvían a estar llenos de lágrimas. Los bordes rojizos de sus heridas formaban caminos abiertos en su piel oscura y mate. La mía brillaba.

—Mis padres me han encomendado a él para que me busque un trabajo y una educación. El señor Duadi Dialabou les prometió...
—El mío también creía eso —dije—. Pero Zippo le pagó quince dólares por mí.
—Quiero volver con mis padres.

Le cayeron dos gruesas lágrimas. Resbalaron por sus mejillas igual que ríos sin cauce que se desbordan como una cascada al llegar a la mandíbula. Miró el grillete de su pierna antes de volver a hundir en mí sus ojos de cristal líquido.

—¿Por qué? —musitó.
—No lo sé —reconocí.

—¿Adónde nos lleva?
—Tampoco lo sé.
—¿Crees que... le pertenecemos realmente?
Fui sincero al decir:
—Sí, si ha pagado por nosotros.
A fin de cuentas, pertenecíamos a nuestros padres, ¿verdad?
—He oído historias...
Las lágrimas de Ieobá Bayabei eran cada vez más abundantes. Caían sin descanso mojando sus piernas. Respiraba con fatiga, le faltaba el aire, su pecho subía y bajaba sin compás. A veces, se le cortaba el aliento y transcurría uno o dos segundos antes de que lo recuperara de nuevo. Temblaba.
Me veía en un espejo.
—¿Qué clase de historias?
—Nos dará de comer a las alimañas...
—No habría pagado tanto por nosotros. Más bien creo que somos valiosos para él.
—¿Y esto? —señaló sus heridas.
—Son rasguños.
—¿A ti te ha pegado? —señaló mi mejilla.
Le mostré la espalda.
—¿Qué edad tienes?
—Once años —respondió mi compañero.
Mi nuevo amigo.
—Yo tengo doce —suspiré con la extraña suficiencia que da la autoridad de la edad.
—¿De dónde eres? ¿Cómo se llama tu pueblo?
Hablamos durante aquel rato. Unos minutos que fueron nuestro primer atisbo de libertad. Hasta que oímos unos gemidos, unos llantos, unos gritos, y apareció Zippo, o el señor Duadi Dialabou.

No venía solo.

Arrastraba de la mano a dos niños y una niña, de unos cuatro o cinco años de edad. Y lo hacía con los mismos miramientos que había tenido con nosotros; es decir, ninguno.

—¿Queréis callar? —les gritó zarandeándolos al llegar a la vista del todoterreno—. ¡Silencio o aquí mismo os mato!

Arrojó a la niña al suelo y le dio una patada. A los dos niños simplemente les pegó con la mano, aunque acabaron también en el suelo, hechos un ovillo.

Así que ahora éramos cinco.

Y los nuevos muy, muy pequeños.

Demasiado para que entendieran.

Estrellas

Aquella noche los niños y la niña lloraron mucho.

Ni los castigos ni los golpes los hicieron callar.

Habíamos recorrido otro largo camino por las mismas sendas montañosas, y ahora el todoterreno era una especie de cabaña-guardería en la que los llantos se multiplicaban. Si el silencio de mis primeros dos días fue espantoso, y la compañía de Ieobá Bayabei aquella mañana me resultó angustiosa, la presencia de los pequeños aportó a nuestra incipiente odisea tintes de horror sin más palabras que las precisas para describirlo. Zippo, el señor Duadi Dialabou para mi compañero, se hartó de pegarlos —a ellos con la mano—, sin conseguir que se callaran. Sus rostros mostraban la sima abierta en sus frágiles universos. De pronto, todo era distinto. El coche olía muy mal porque los orines y los excrementos de los pequeños iban de un lado para otro con los bandazos del camino, pese a la recomendación de Zippo de que no se lo hicieran encima. Gritaba, pero cada grito no hacía sino aumentar la confusión y el miedo. Decía furioso, golpeando la mampara lateral como si fuera un gong:

—¡Callaos o aquí mismo os abandono!

Y los niños, tras contemplarlo apenas una fracción de segundo en silencio, arreciaban en sus alaridos de espanto. La escena habría sido, incluso, algo cómica de no ser por las dimensiones de lo que allí dentro, en aquel nuevo mundo sobre ruedas, se abatía sobre nosotros.

¿Cuánto puede llorar un niño pequeño?

Aquella noche lloraron todo lo que no habían llorado en su vida.

Las manos de Zippo acabaron rojas, más que sus ojos inyectados en sangre. También era la primera noche fuera de casa para Ieobá Bayabei, pero él ya no lloraba ni hacía preguntas. Ahora toda nuestra atención se centraba en aquellos tres diminutos prisioneros.

La niña era muy bonita, de cara redonda, ojos redondos, labios redondos y cuerpo redondo. Menuda y con dos alegres trenzas, colocadas a modo de cuernos, a ambos lados de la cabeza. Vestía un trajecito rosa, extravagante, curioso. Su madre debía de haberlo comprado en algún pueblo o ciudad, en algún mercadillo de ropa occidental. Era muy incómodo, aunque ella lo lucía con gracia, como si fuera la prenda más hermosa del mundo. Los niños, en cambio, eran feos, feísimos, desdentados, vestían como nosotros, es decir, uno llevaba pantalones cortos y el otro largos, uno iba sin camisa y el otro con una ajada prenda fabricada cuando ni siquiera sus padres habían nacido. Iban tan descalzos como Ieobá y yo.

No hubo forma de que nos dijeran su nombre. A nosotros también nos miraban como a monstruos.

A la hora de acostarse, Zippo estaba cansado de pegarles y cansado de oírles —ni siquiera sé cual de las dos cosas era la que más le molestaba—, así que optó por la fórmula más directa.

Los amordazó.

Y les ató las manos a la espalda.

—Se ahogarán... —me atreví a decir yo.

Zippo todavía tenía fuerzas para una última paliza.

—Así aprenderás a callar y a cuidar de ti mismo —jadeó cuando se agotó.

Después bajó del todoterreno, se metió en su tienda y se durmió.

Ieobá Bayabei se acercó para ayudarme. Entreabrí los ojos y contemplé a los otros tres. Ya no se movían, ni gemían. Acababan de comprender. Del todo. Sus seis globos oculares, blancos igual que lunas llenas en mitad de la negrura, reflejaban mejor que cualquier otra cosa lo que sentían.

—Prometedme no hacer ni decir nada si os quito las mordazas y os desato —cuchicheó el que iba a ser mi amigo y compañero de fatigas futuras.

La niña fue la primera en asentir con la cabeza.

Mientras Ieobá Bayabei los liberaba, yo miré las estrellas al otro lado del vehículo.

Ninguna titilaba.

¿O tal vez lo hicieran todas y yo era ya incapaz de darme cuenta?

Indicios

Durante gran parte de la jornada siguiente, ya no nos detuvimos salvo para comer o repostar gasolina que llevaba el hombre en bidones atados a ambos lados del coche. Cuando paramos para comer pudimos bajar y estirar las piernas.

—Ni se os ocurra echar a correr. El pueblo más cercano está a horas de aquí y moriríais en la espesura, ¿de acuerdo?

Los caminos se hicieron más abruptos y la selva más impenetrable. Zippo, que al amanecer no había dicho nada al encontrarse a los tres niños sin las mordazas y las ataduras en las manos —a fin de cuentas ya no lloraban—, tenía los cinco sentidos puestos en la conducción. A media tarde, el todoterreno volvió a detenerse y vimos un pequeño campamento con tres tiendas de campaña repartidas en mitad del calvero del bosque. Dos hombres se acercaron a nuestro comprador sin alarmarse por su presencia. Comprendimos que le conocían.

—Uele Dourou —dijo uno—, te hacíamos al otro lado de la frontera.

—Voy y vengo mucho —respondió Zippo, llamado Duadi Dialabou según Ieobá Bayabei y ahora conocido como Uele Dourou por aquellos desconocidos—. ¿Qué tal todo?

—Estamos esperando a Minsei. Pero no está siendo una buena época —reconoció el que había hablado.

—No, no es una buena época —le secundó el otro.

—¿Cuántos llevas? —preguntó el primero.

—Cinco —dijo el hombre que tenía tantos nombres.

—No está mal —ponderó el segundo.

—Porque voy lejos, muy arriba, a buscarlos. A los pueblos del este. De cualquier forma, antes viajaba con el coche lleno, eso sí es cierto.

Los dos hombres atisbaron en el interior del vehículo, para mirarnos. Uno era más negro que la noche y el otro de color chocolate. Uno tenía una enorme cicatriz que le deformaba la cara, y el otro era muy viejo y le faltaba la mano izquierda. Pero ambos tenían mirada de cocodrilo.

—¿Te atreves con los pequeños? —dijo el de la cicatriz.
—¿Por qué no?
—Últimamente no tienen tanta salida. Hay problemas con ellos.
—Era el lote completo. Tres a precio de uno. No creo que salga perdiendo. ¿Cómo está la frontera?
—No lo intentes por Kadiana. Utiliza las rutas entre Fakola y Manankoro.
—Es lo que pensaba hacer —reconoció el hombre.

Yo memoricé todos aquellos nombres que no conocía y que resultaron ser pueblos y ciudades situadas al sur de mi país, Malí, cerca de la frontera con Costa de Marfil, nuestro destino. Tiempo después, los reconocí al mirar por primera vez un mapa. Allí estaban. Todos y cada uno. Todos menos mi pueblo, que jamás ha salido en uno.

—De todas formas no hay excesiva vigilancia.
—No, como siempre.
—Ya.

Los tres hombres se apartaron del coche y nos quedamos solos, los cinco, unos minutos, mirándonos en silencio.

Pasar la frontera.

Estábamos más lejos de casa de lo que jamás hubiéramos soñado, e íbamos aún más lejos.

La frontera es siempre sinónimo de más allá.

Y para mi gente, sinónimo de «no regreso».

Frontera

Zippo, Duadi, Dialabou, Uele Dourou, o como se llamara el hombre, no se quedó mucho tiempo en el improvisado campamento de sus amigos. Quiso aprovechar las horas de luz y emprendió una veloz carrera por las sendas de traficantes, de modo que, al anochecer, estábamos muy cerca de la frontera. Entonces detuvo el vehículo, entró en la parte de atrás y procedió a amordazarnos uno por uno, y también a atarnos las manos a la espalda para que no pudiéramos hacer ruido.

Además, nos advirtió:

—Un sólo ruido y os golpeo hasta dejaros inconscientes.

Yo fui el último al que ató.

—Esto terminará pronto —me dijo.

Era su primera palabra consoladora.

—Sí —asentí con la cabeza.

—Si me cogen a mí —anunció antes de cerrar las puertas traseras del coche—, no penséis que a vosotros os irá mejor. Ellos os matarán igual. ¿O creéis que os devolverán a casa? Los problemas es mejor eliminarlos.

No sabíamos quiénes eran «ellos».

Pero le creímos.

Volvimos a ponernos en marcha.

Era muy difícil mantener el equilibrio, aún estando sentados en el suelo, con las manos atadas, sin poder sujetarnos a nada, con el coche dando bandazos y yendo de un lado a otro con cada bache o cada piedra que pillábamos. Chocábamos unos con otros, rodábamos por el suelo produciendo sordos y quedos «clangs» con la chapa metálica. Nos hacíamos daño. Además, amordazados y atados, nuestras esperanzas se esfumaron de un plumazo al atravesar la frontera, aunque aún no sé en qué podíamos tener ya esperanzas.

Aquella noche abandonamos Malí y penetramos en Costa de Marfil.

LA ESCLAVITUD

Niña

Mayele Kunasse había hablado alguna vez del rico país del sur, y ahora estábamos en él. Mi imagen de un «rico país» se ceñía a la idea de que cada choza tuviera su propia vaca o algunas cabras, y cada familia la suficiente comida como para subsistir. Y por supuesto, un pozo cercano. Agua. El agua es la vida. Pero cuando atravesamos la frontera seguí viendo la misma tierra, los mismos árboles, las mismas plantas y el mismo cielo sobre nuestras cabezas, y aprendí que el mundo es igual aquí y allá y que las fronteras son trazos invisibles en los suelos de la imaginación del ser humano. Trazos que separan riquezas y nada más. Trazos que te dicen quién eres y de dónde eres, a qué perteneces y cuál es tu destino. Sobre todo esto último.

Durante dos días, viajamos atados y amordazados en el todoterreno del hombre de los tres nombres. Sólo nos permitía dar un paseo a mediodía y otro por la noche para desentumecer los músculos, comer y hacer nuestras necesidades. Al amanecer del tercer día, ya no nos ató. Se cruzó de brazos delante de nosotros y nos habló así:

—Estamos en Costa de Marfil, y estamos juntos en esto. Os llevo para que tengáis una vida mejor, y algún día seguramente me lo agradeceréis. Vais a trabajar y a ganar un dinero para subsistir. Es más de lo que os esperaba en vuestros pueblos. Así que, desde ahora, será mejor que lo entendáis y colaboréis. Decidme, ¿queréis seguir viajando así?

Todos dijimos que no con la cabeza, hasta los tres niños pequeños.

—Muy bien. Si alguien nos detiene, recordad que sois mis hijos. De momento, dos de vosotros viajaréis delante conmigo un rato, y luego otros dos. Eso os gustará, ¿no? —sonrió con fingida condescendencia—. Si os portáis bien, os daré de comer dos veces al día.

Eso fue definitivo. Teníamos hambre. Mucha hambre.

Me tocó ser el último en ir delante. Primero fueron Ieobá Bayabei y la niña, después los dos niños, y finalmente la niña y yo. Nunca había viajado en coche, y menos delante. Desde allí todo se veía distinto, mucho mejor. El mundo cambia según dónde estés tú. Atrás era un esclavo apaleado. Delante era un hombre mirando de frente a su destino. Allí también iba atado, pero de otra forma. Era un cinturón de seguridad. Me protegía en caso de accidente. Zippo insistió en que lo llevásemos, asegurando que allí la policía era muy puntillosa. Me fijé en cómo conducía el coche, la forma de manejar los pies con aquellos tres pedales, la manera en que movía una vara coronada por una empuñadura de madera con la que aumentaba o reducía la velocidad. Pero lo mejor fue atravesar un pueblo, mi primer contacto con Costa de Marfil, sentado delante. Veía pasar rostros y cuerpos, casas y chozas, a la velocidad del rayo. Algunos niños levantaron sus manos para saludarme, y yo me sentí, por un momento, importante. Levanté la mía y los saludé. Incluso sonreí.

Sí, fue bueno viajar delante.

Lo hice siete veces.

Siete veces antes de que la realidad volviese a nuestro pequeño universo.

Aquel día Zippo bajó del todoterreno llevándose a los dos niños y la niña. Ieobá Bayabei y yo lo vimos todo desde dentro. Habló con un hombre que conducía un lujoso automóvil. Un vehículo como yo jamás había visto antes. Era tan largo que debía de medir al menos dos chozas. Y era de color blanco. Lo más blanco y bonito que mis ojos recordaban. Zippo y el hombre discutieron, y discutieron más, y discutieron mucho más. Zippo se enfadaba y el hombre negaba con la cabeza. Zippo empujaba a los dos niños hacia él y el hombre sólo sujetaba a la niña. Zippo, esto, y el hombre, lo otro. Al final, el hombre entregó a Zippo unos billetes. Dinero. Dólares. Siempre dólares. El mundo se reducía a esa palabra. Fue el fin de la discusión.

El hombre metió a la niña en su coche y Zippo regresó con los dos niños.

Furioso y de mal humor.

Abrió la puerta del todoterreno y empujó a los dos pequeños hacia adentro, de muy mala manera.

—¡Tenéis problemas! —los apuntó con un dedo amenazador.

Problemas

Mi primera ciudad.

Una ciudad de verdad, con casas de barro y toba en forma de ladrillo, de dos pisos incluso, tiendas repletas de mercancías, bullicio, animación, gritos, mucha gente caminando por las calles polvorientas, mujeres transportando bultos de todo tipo en sus cabezas, bicicletas, motocicletas, automóviles, camiones... ¡autobuses! ¡Autobuses de colores! No sabía adónde mirar. Y ya no pensaba en escapar. No tenía sentido. Hoy sé lo que es el síndrome de Estocolmo, la necesidad que tiene el capturado de acercarse a su captor, porque es el amo de su libertad y de su bienestar inmediato. Pero de haber sabido lo que me esperaba, sin duda, habría abierto aquella puerta y me habría perdido por las calles de Séguéla.

Séguéla.

Aprendí más en aquellas horas que en muchos años.

Descubrí un prodigio. Magia pura. Una pequeña ventana llena de personas diminutas. Miré a Zippo.

—¿Nunca has visto un televisor, condenado?

Vi a unos hombres, negros como yo, corriendo en el interior de aquella pequeña ventana, junto a otros tan blancos como el coche del hombre que se llevó a la niña. Horriblemente blancos. Vi cómo uno de los negros cruzaba una línea del suelo por delante de los demás y alzaba los brazos, y cómo le entregaban una bandera y seguía corriendo mientras cientos, miles de hombres y mujeres reunidos y apretados en aquel lugar le aplaudían y le ovacionaban. No entendía nada, pero la cara del hombre era feliz y sonreía, llorando y besando aquel suelo que parecía mágico. Y la gente del bar, que presenciaba todo aquello frente a lo que Zippo, entre risas, había llamado televisor al ver mi cara de susto, le aplaudía y vitoreaba. Alguien dijo: «¡África!». Y todos volvieron a cantar y a pedir bebidas.

—Hay una olimpíada en Barcelona —rezongó Zippo.

Quería preguntarle qué era una olimpíada y qué era Barcelona, pero el hombre de los tres nombres volvió a poner el coche en marcha después de que un aparato con tres discos de colores cambiara de rojo a verde. El bar, el televisor y todo lo demás quedó atrás.

Además de haberlo visto en la ventana de colores, allí vi también en persona a mi primer hombre blanco.

Parecía enfermo, tan pálido, sin ningún color en la piel. Tal vez por eso pensé que su ropa era tan estúpida, roja y amarilla y verde y...

—Turistas —manifestó Zippo—. Lo llenan todo. Condenados...

Seguimos rodando por aquel nuevo mundo.

Cuando se detuvo en una zona destartalada, sucia y llena de basuras, no tardó en aparecer otro hombre. Zippo habló con él un rato. Esperaron. Y a los pocos minutos llegó un coche, no tan grande ni tan blanco como el que se había llevado a la niña, pero casi. Su conductor se apeó, saludó a Zippo y los tres echaron a andar hacia donde nosotros estábamos. En cuanto se abrió la puerta trasera del vehículo, Ieobá Bayabei y yo supimos que nada de todo aquello nos incumbía.

El recién llegado miró a los dos niños.

Fueron apenas unos segundos.

—Están muy delgados —dijo el hombre en nuestra propia lengua, dirigiéndose a Zippo.

—Ellos siempre lo están —le respondió.

—Y son demasiado pequeños.

—¡La última vez te parecieron mayores, ahora te parecen pequeños! ¿Tratas de confundirme o de regatearme? ¡Soy yo el que va y viene!

—Y yo el que compra a buen precio —el hombre le dirigió una mirada de aterradora superioridad—. Y estos no los quiero.

—Ayo, ¿qué dices? —Zippo temblaba.

—Te lo advertí la última vez. Compras demasiado barato, no exiges, y te llevas lo que te dan al precio más ridículo.

—¡Compro lo que hay! ¿Te crees que es sencillo? ¡Ni con promesas de que van a trabajar y a estudiar los venden como antes! ¡Cuando haya otra sequía o más problemas venderán de nuevo en masa, pero ahora...! Vamos, Ayo, es un buen precio.

—No me sirven de nada si se me mueren. Los últimos se me murieron, uno a las cinco semanas y el otro a los dos meses. No, no los quiero. Esta vez no.

—¡Tú dijiste...!

—Niños fuertes, seis o siete años, en condiciones. Fíjate en esa porquería. Y no creas que vas a colocarlos fácilmente. Naué te dirá lo mismo que yo, y Fekessou, y Sibayo. Llévatelos, Zippo, llévatelos.

—¡Ayo!

El hombre empezó a caminar hacia su automóvil, seguido por la primera persona que había aparecido.

A nosotros no nos gustó nada la cara de Zippo, y menos la forma que tuvo de mirarnos.

Abandonados

Pasamos un día y medio en Séguéla.

Zippo habló con otras personas, les mostró a los dos niños. A nosotros ni nos miraban. Sólo a ellos. Todas reaccionaron como aquel primer hombre llamado Ayo, aunque a ellos no los entendimos porque hablaban otra lengua. Tanto daba, porque bastaba con ver sus expresiones, o percibir el tono de sus palabras. Zippo estaba cada vez más enfadado. Cada vez conducía más a golpe de genio, sacudiendo el volante del todoterreno. Cada vez miraba de peor forma a los dos niños, amedrentándoles con la dureza de sus ojos. Algo iba mal, y no hacía falta ser muy listo para saber qué era.

Al anochecer del segundo día, después de una última reunión con otro hombre y una mujer en una placita cerca de un mercado, Zippo condujo el coche, airado, hasta unas vías férreas. Vi mi primer tren, detenido cerca de ellas, con su poderosa locomotora negra, pero también vi algo más.

A lo lejos, a la derecha, estaba la estación. Más cerca, a la izquierda, ruinas y vegetación devorándolas.

Zippo bajó y abrió la puerta trasera. Cogió a los dos niños pequeños por los brazos y los hizo bajar. Casi, más bien, habría que decir que tiró de ellos hasta hacerlos caer. Cerró las puertas y los miró. Ieobá Bayabei y yo estábamos delante.

—Ya está, se acabó —dijo Zippo—. ¡Largaos!

Los dos niños se pusieron de pie.

Nunca olvidaré sus caritas.

—¿No me habéis oído? ¡Sois libres! ¡Marchaos!

No se movieron.

Uno agarró de la mano al otro. Éste se puso a llorar. Ieobá Bayabei me puso la suya en el hombro y lo apretó.

Entonces, de las ruinas que teníamos a la izquierda, empezaron a salir niñas y niños tan pequeños como nuestros dos compañeros y, algunos, también mayores, aunque no más que yo. Vestían harapos o iban desnudos, estaban delgados y en sus caras no había nada que recordase que eran niños. Sólo dolor y odio.

Uno cogió una piedra.

La arrojó contra el todoterreno.

Otra cogió una piedra.

La arrojó contra el todoterreno.

Zippo ya los había visto. Se apartó de los dos niños y retrocedió hacia la puerta de su lado. La primera piedra pasó a un palmo del vehículo. La segunda impactó en el capó.

—¡Mierda! —gritó Zippo.

Los restantes niños ya lanzaban una lluvia de piedras sobre nosotros. Dos o tres de los mayores corrían en nuestra dirección. Zippo puso el automóvil en marcha, hundió la vara con la que cambiaba de velocidad en su soporte, y pisó dos de los pedales. Primero salimos marcha atrás. Después, fuimos proyectados hacia adelante cuando enfiló el camino por el que habíamos llegado tras dar la vuelta. Yo miraba, tanto a los dos niños que estábamos abandonando, como al resto, que se nos echaba encima. Dos piedras más cayeron sobre el capó, una tercera le dio a una de las ruedas, una cuarta pasó a escasos centímetros de mi propia cabeza. Tuve que meterla dentro.

Me quedaba el retrovisor para ver a nuestros dos compañeros de viaje.

—¡Otra vez los mato! —gritó Zippo—. ¡Desagradecidos! ¿Qué quieren, que los devuelva? ¡Nadie agradece nada!

Uno de los perseguidores, pese a su delgadez extrema, llegó casi a subirse al automóvil. Le vi la cara. No era humana. Era el rostro de un niño enloquecido. Y tendría nueve o diez años. Zippo hizo una maniobra para eludirle, el niño perdió pie y cayó al suelo sin llegar a asirse a ninguna parte. El resto, viendo que nos escapábamos, nos arrojó su última lluvia de piedras.

Huimos de las vías férreas justo en el momento en el que un tren emitía un silbido anunciando algo, su llegada o su salida.

Lluvia

Aquella noche dormimos de nuevo encadenados.

Ieobá Bayabei y yo nos miramos desalentados y silenciosos; Zippo seguía muy enfadado. Había pagado por dos niños que no había podido vender. Temíamos preguntarle por nosotros; no era bueno dirigirle la palabra sin más, aunque, por alguna extraña razón, era como si supiéramos que ya teníamos un destino, que éramos distinta mercancía con relación a los tres pequeños con los que compartimos parte de aquel viaje. En ningún momento trató de vendernos, y eso significaba algo.

No nos equivocábamos.

Estábamos llegando a nuestro destino.

El final del viaje.

Nuestra nueva casa.

De Séguéla a Vavoua, por la carretera principal, abandonamos definitivamente la sabana por la que habíamos estado viajando desde nuestra entrada en Costa de Marfil. La tierra, al poco de dejar atrás Séguéla, se convirtió en un bosque umbrío y espeso, a veces selvático por su abigarrada vegetación. En plena Vavoua nos desviamos hacia el oeste apenas cinco kilómetros. Finalmente, y por una pista forestal casi impracticable, volvimos a bajar hacia el sur en dirección a Dédiafla. El siguiente pueblo era Kétro, pero ya no llegamos a él. En alguna parte entre estos dos puntos, el todoterreno se apartó de la senda y comenzamos a transitar por aquel mundo, que iba a ser mi mundo en los siguientes meses y años. Zippo tenía prisa, pero no contó con los elementos. Había llovido regularmente en el norte. Estábamos en la época de lluvias que en esa zona de Costa de Marfil va de junio a septiembre. Sin embargo, al oeste del país lo hacía más entre marzo y octubre. Así que nos cayó una gran tormenta aquella tarde y eso convirtió el camino en un barrizal por completo impracticable. La cortina de agua era tan fuerte que Zippo no tuvo más remedio que detenerse, so pena de quedar atrapados en alguna parte.

No nos encadenó. Ya no.

—Hay animales salvajes, y estáis lejos de cualquier pueblo, ¿de acuerdo? Mañana llegaréis a casa.

La palabra «casa» se nos antojó extraña.

Ieobá Bayabei debió de recordar a su madre, y a su padre, y a... Yo pensé en mis hermanos y hermanas. En mi padre ya no. De alguna forma comenzaba a odiarlo.

Nos sumimos en uno de nuestros grandes silencios, roto tan sólo por miradas rápidas y furtivas.

Por primera y única vez, dormimos los tres en el interior del todoterreno esa noche. No supe si era a causa de los animales de que había hablado Zippo, o si era por la lluvia que, desde luego, fue torrencial, incesante. Dentro sonaba como si millones de insectos nos bombardearan tratando de entrar. Zippo roncaba. Era desagradable verle tendido allí, con su cuerpo inerme. Habríamos podido, incluso, matarle.

Aún así nos dormimos, y al amanecer el silencio era tan impresionante como la tormenta. Brillaba el sol.

Fin

Zippo hizo que nos laváramos. Fue una bendición. No lo habíamos hecho desde nuestra salida de casa. Por un momento nos convertimos en lo que éramos, dos niños jugando en medio de un charco, felices, salpicándonos el uno al otro. No disfrutamos demasiado. Nos ordenó salir y, entonces, nos entregó ropa limpia, aunque usada. Una camisa verde y unos pantalones marrones con parches para mí. Una camisa azul y unos pantalones negros para Ieobá Bayabei. Los míos tenían sólo dos rotos, uno en la pernera izquierda y otro en el trasero. Los de mi amigo tenían tres. Pero, salvo eso, era buena ropa, muy buena ropa. Algo ancha para nosotros, así que también nos dio unos cordones para que nos atáramos los pantalones y no se nos cayeran.

Como remate nos entregó unos zapatos.

Nunca había tenido unos zapatos.

—Poneos eso si queréis sobrevivir. A los que van descalzos aquí los matan antes las serpientes y los escorpiones.

También nos quedaban grandes, y estaban muy viejos y usados. Pero nos los pusimos con una rara emoción. No llevaban cordones y se nos salían, así que metimos algunas hojas dentro. Lo peor fue andar con ellos. Parecíamos patos mareados. Ieobá Bayabei se rió de mí y yo de él. Nos olvidamos, por un momento, de nuestra realidad más inmediata y del incierto futuro que nos aguardaba.

Porque aquello era la señal de que habíamos llegado al final del viaje.

Reemprendimos el camino.

Dos o tres horas después, empezamos a ver muchachos como nosotros, con machetes, segando la maleza.

Así vi mi primer campo de cacao.

Y todos los demás.

Kilómetros y kilómetros de campos de cacao.

No nos detuvimos hasta llegar a un campamento que apareció, de pronto, tras un recodo del camino. Allí estaba el centro de operaciones, el corazón de aquel universo cerrado y tan apartado del mundo como la tierra de la luna. No era muy grande: unos barracones hechos de paja, adobe, hojas secas y pilares de madera para el personal; unos edificios de madera y caña para el tratamiento y fermentación del cacao; los secaderos; una casa pequeña y destartalada que debía de pertenecer al dueño; y poco más; una torre para la radio y otra con un depósito de agua, aunque había una gran charca en mitad del recinto de la que bebía en ese instante un perro. Tuve la sensación de que todo aquello había conocido tiempos mejores y vivía la decrepitud de un prolongado ocaso...

El coche se detuvo.

Y en ese momento, por primera vez, vi a Manu Sibango.

Supe cómo se llamaba porque lo dijo Zippo en voz alta.

Transacción

Apenas si saludó al hombre de los tres nombres. Lo primero que hizo fue examinarnos, y nosotros a él, aunque de distinta forma. Manu Sibango tendría unos cuarenta años, llevaba una chaqueta de color rojo, con la cremallera abierta hasta el ombligo, y unos pantalones llenos de bolsillos. Calzaba unas sandalias y se tocaba con un sombrero de paja ennegrecido por el sudor. Su rostro era redondo, de mirada cansina, como si se acabase de levantar de la cama. Una sombría calma se desprendía de sus ojos pequeños y rojizos. Tenía la boca grande y las manos fuertes. Pero lo que más nos impresionó fue el látigo que colgaba de su cinto y el silbato de caña que pendía de su cuello.

—¿De dónde son? —le preguntó a Zippo.

—Malí —dijo él.

—¿Hablan francés?

—No creo.

—¿Dioula[2]?

—Por supuesto.

Ahora se dirigió a nosotros.

—¿Qué edad tenéis?

—Doce.

—Once.

—Quitaos la camisa.

Lo hicimos y nos tocó los brazos, por arriba y por abajo. Calculó nuestra fuerza presionando los bíceps. Nos examinó las manos, la palma y el dorso. Nos presionó el pecho y el vientre, luego hizo lo mismo con la espalda. Mis heri-

---

[2] Una de las lenguas más comunes en Malí, Costa de Marfil y Burkina Faso, aunque el francés sea el idioma oficial en los tres países. En Malí también se habla bambara, malínke, kasonke, senufo, songhai, tamashek y wasuklunke; y en Costa de Marfil, además de senufo en el norte, se habla yacuba, agni y baulé. Esta última lengua es la de la etnia más importante y la que tiene las riendas del poder.

das de vara ya habían cicatrizado. Aun así, Manu Sibango tocó la de la espalda y sentí una quemazón.

—Los pantalones, abajo.

Le obedecimos. El látigo tenía más voz y más poder que la vara de Zippo. Nos bajamos los pantalones sin llegar a quitárnoslos y él nos tocó las piernas, los muslos, los gemelos, y también el sexo. Fue como si sopesara nuestros testículos. Por último, nos examinó el prepucio.

—Están sanos —le aclaró Zippo.

Manu Sibango no dijo nada.

—Vestíos —ordenó.

Nos subimos los pantalones y los atamos con el cordel. La camisa la dejamos abierta. Hacía un calor sofocante, y la humedad se pegaba al cuerpo como una segunda capa de piel. Estábamos como flotando en mitad de un silencio roto tan sólo por un lejano canto. No se veía a nadie cerca.

—Jóvenes y fuertes —habló Zippo haciendo un gesto de nerviosa ansiedad.

—Jóvenes e inexpertos —exclamó el dueño de la plantación.

—¿Vamos a discutir también esta vez? No quiero regatear. Ha sido un largo camino hasta aquí.

—Tampoco yo quiero regatear —Manu Sibango se encogió de hombros cansinamente—, pero el precio del cacao no para de bajar y bajar. Es terrible. No puedo pagarte ni siquiera lo de la última vez.

—¿Bromeas? ¡Te los he traído directamente a ti! ¿Quieres que me los lleve a otra plantación?

Manu Sibango se cruzó de brazos.

—¡Manu! —protestó Zippo.

—Díselo a los europeos, los americanos y los asiáticos. Ellos tienen la culpa.

—¡He pagado mucho por cada uno de ellos!

—Veinte a lo sumo.

—¡Treinta por el mayor y veinticinco por el pequeño!

—¿Vas a engañar al viejo Manu Sibango?

—¡Es verdad, te lo juro!

—Te doy treinta y cinco por cada uno, ni uno más.

—¡Cuarenta!

—No, treinta y cinco, y no estoy regateando. Esto es en serio. Lo tomas o lo dejas.

—¡Eres un ladrón!

Manu Sibango se plantó. Nosotros no importábamos. Todo quedaba entre ellos. Pero si uno de los dos tenía que ganar, ése era el hombre del látigo al cinto y el silbato colgado del cuello. Zippo acabó comprendiéndolo. Quería desprenderse de nosotros y regresar a su casa, estuviese dónde estuviese.

—No volveré a traerte trabajadores —se rindió.

—Vamos a mi cabaña —abrió el paso Manu Sibango—. Beberemos un vaso de *tchapalo*[3] y te pagaré.

—¿No tienes *kotoukou*[4]?

Los dos se alejaron dejándonos allí solos.

Diez minutos después seguíamos en el mismo sitio, sin atrevernos a movernos.

Fue la penúltima vez que vi a Zippo, también llamado Duadi Dialabou, también conocido como Uele Dourou. Se subió al coche en el que nos había traído y se alejó sin echarnos ni siquiera una última mirada.

---

[3] Cerveza de mijo.
[4] Aguardiente hecho a base de *bangui*, la savia de la palmera, amarga y dulce a la vez.

Esclavos

Manu Sibango nos llevó a uno de los barracones. No había nadie. Todos estaban en los campos. Nos preguntó si teníamos hambre y le dijimos que sí. Su tono era adusto, cansino, pero en apariencia amable. Fue una bienvenida dulce. Anunció que iba a pedir que nos preparasen algo especial, un *foutou*[5]. Ieobá Bayabei abrió los ojos y me miró con un amago de sonrisa en su cara. Cuando vio mi semblante ensombrecido frunció el ceño. Al irse Manu Sibango, quiso saber qué me sucedía.

—¿No lo comprendes? —le dije—. No es más que una comida. Es nuestro amo, y nosotros sus esclavos. Ha pagado por los dos. ¡Vamos a trabajar para él, como los muchachos que vimos mientras llegábamos hasta aquí!

—¡No!

—Ieobá Bayabei, ¿qué es lo que esperas? ¡Somos esclavos!

—Es un trabajo, ¡un trabajo! Duadi Dialabou se lo dijo a mis padres. Trabajaré y tendré una educación, y un día regresaré a mi pueblo para...

—¡Nunca regresaremos a casa!

Se le llenaron los ojos de lágrimas. El año que nos llevábamos de diferencia, a veces, se convertía en un abismo. Era un niño que se empeñaba en creer, a pesar de todo, esa era su fuente de esperanza. Yo me había vuelto realista desde la muerte de mi madre, realista al ser vendido por mi padre, al ser azotado por la vara, al ver a los niños de la es-

---

[5] Plato nacional de Costa de Marfil, a base de plátano, en una versión, y de *ñame* en la otra. Se sirve acompañado de pescado o carne.

tación, al ver cómo Zippo vendía a la niña o abandonaba a los otros dos. Realista.

—¿Por qué has venido hasta aquí? —gimió Ieobá Bayabei.

—¡No sabía adónde nos llevaban, ni por qué! ¡Pero ahora lo sé! ¡Y ahora sí puedo escapar!

—¿Escapar? ¡Eres un loco! ¡Ni siquiera sabes dónde estás!

—Hemos llegado hasta aquí, ¿no? Pues igual habrá un camino de vuelta.

—Kalil Mtube...

Regresaba Manu Sibango, con su paso cansino y perezoso. Dijo que nos traerían en seguida el *foutou* y que, mientras, nos daría las primeras instrucciones, recomendaciones, orientaciones... Se sentó delante de nosotros en cuclillas.

—Escuchadme bien, porque no voy a repetir esto una segunda vez —advirtió apuntándonos con un dedo—. Sois trabajadores. Estáis en mi plantación de cacao. No es una plantación grande, y yo no soy un hombre rico. Pero soy justo. Vuestros padres os han encomendado al intermediario que os ha traído hasta mí. Trabajaréis de sol a sol, sin descanso, como hombres que sois. Y si no es así, aquí os curtiréis y pronto llegaréis a serlo. Una vez al año, cuando yo venda las cosechas y compruebe si ha habido beneficios, os pagaré por vuestro trabajo. El primer año, de los 150 dólares que habréis ganado aproximadamente, os descontaré lo que he dado por vosotros. El segundo año y los siguientes que estéis aquí, tendréis ya vuestro sueldo íntegro. Ésta es vuestra casa —abarcó el barracón con ambas manos—, comeréis dos veces al día. Es una buena vida, digna y decente para quien quiera aprovecharla. Pero no pongáis a prueba mi paciencia —su tono se hizo seco y su gesto adusto—. Si pensáis en escapar, sabed que no lograréis sobrevivir ahí afuera. Y aunque lo hiciérais, yo tengo una motocicleta y os atraparía. Siempre correré más, y soy más listo que vosotros porque conozco esta tierra. Nadie ha escapado de mi plantación. Cuando cojo a quien quiere huir, lo entierro hasta el cuello dos días la primera vez, tres la segunda, y ya no hay más, porque al tercer día muere. Aprended las normas y vuestra vida será una buena vida —era el fin de la larga perorata—. ¿De acuerdo?

Ieobá Bayabei asintió con la cabeza.

—¿Y tú? —me miró a mí.

Tardé demasiado en responder.

Manu Sibango se dio cuenta.

—Sí —musité.

—Hoy descansad. Habréis tenido un largo viaje. Mañana os diré el resto.

Se puso en pie. La comida llegaba en ese momento. La traía una niña de unos diez años que miraba al suelo para no tropezar, pues tenía sólo un ojo sano. Eran dos cuencos de madera sucia y el *foutou* no daba la impresión de ser muy exquisito. Pero era comida, y estábamos hambrientos.

Tenía que comer antes de escapar de allí.

—Bebed de la charca —dijo nuestro amo antes de irse.

Derrota

Desde la puerta, dirigí lo que creía que iba a ser una última mirada a Ieobá Bayabei.

—Ven —le pedí.

Mi compañero se acurrucó al fondo, pegó la espalda a la pared del barracón y hundió su rostro entre las piernas.

Di media vuelta y me fui.

Me di cuenta, casi de inmediato, de que los zapatos, para correr, eran un estorbo. Aun así, no quise desperdiciarlos. Era todo lo que tenía. Quizás pudiera venderlos. Me los quité y los guardé en los bolsillos del pantalón. Uno en cada uno. Después, mis pies comenzaron a volar por la tierra. Y me importaba poco que hubiese serpientes. Mis ojos recorrían el suelo y el espacio abierto frente a mí para evitar peligros, no tropezar y seguir una misma dirección.

Aun así, me caí dos veces.

Una, por un agujero oculto en la maleza. Otra, por eludir algo que me pareció sospechoso y que resultó no ser nada.

A los pocos minutos salí a un claro y me encontré de bruces con una docena o más de chicos, todos un poco mayores que yo, que, machete en mano, trabajaban en el campo. Se me quedaron mirando con sorpresa, aunque entendieron rápidamente.

Yo también me los quedé mirando. No sabía si darían la voz de alarma o si me ayudarían.

Ni lo uno ni lo otro.

Uno me habló en una lengua que no entendí. Otro en otra.

La tercera era dioula.

—¿Cuándo has llegado?

—Hace un rato.

—¿Y adónde vas?

—Huyo.

—No puedes huir —negó con la cabeza.

Otros dos se sumaron a la discusión en nuestra lengua.

—Vuelve o será peor.

—Morirás, y si no mueres, Manu Sibango te castigará.

—Quiero ser libre. Yo no soy un esclavo.

—No somos esclavos —dijo el primero—. Trabajamos a cambio de una paga.

—No hay escape —volvió a hablar uno de los otros dos.

—Si nos pregunta, no vamos a mentir. Nos comprometes a todos —continuó el segundo.

Supongo que lo comprendí mucho antes de que mi voluntad se hundiera como un castillo en la arena. Aun así, me rebelé por un momento. Miré la espesura. El cielo se había cerrado y amenazaba lluvia. De la tierra subía un vaho denso y sofocante.

La voz de Mayele Kunasse se esparció por mi mente:

—Retroceder no es signo de cobardía, sino de inteligencia. Siempre se puede intentar de nuevo, siendo, además, más sabio.

Regresé al campamento, caminando despacio, furioso y asustado, sintiendo cómo el miedo volvía a mí. Miedo por la impotencia, porque ya era tarde, porque no podía hacer nada. Miedo porque mi destino acababa de consumarse.

Encontré a Ieobá Bayabei en el mismo sitio en que lo había dejado, llorando.

Y al verme se levantó, corrió hacia mí y me abrazó temblando.

Explicaciones

Los trabajadores de los campos llegaron a la puesta de sol, empapados. Volvía a llover de forma copiosa y la cortina de agua se abatía sobre la tierra formando un muro sólido. La mayoría eran jóvenes, aunque no tanto como nosotros. Muchos tenían catorce, quince o dieciséis años, algunos llegaban a los diecisiete y eran ya hombres, y pocos superaban esta edad. Aparecieron ante nuestros ojos igual que un ejército derrotado y abatido, y se dejaron caer en los jergones de paja o en el suelo, allá donde durmieran. A nosotros nos dirigieron algunas miradas y, de momento, poco más. Ninguna pregunta. Si estábamos allí era por la misma razón que ellos, y habíamos llegado, casi con toda seguridad, de la misma manera.

Ninguno de los once que dormía en nuestro barracón era de los que, en mi huida, yo había visto en el campo.

El ñame aderezado con un poco de arroz se sirvió casi a continuación. Volvía a tener hambre, así que lo engullí, apurando hasta el último grano de arroz con las manos. Después, uno a uno, desafiamos a la lluvia para beber en la charca central. Yo me quité la camisa y los pantalones, para que no se mojaran. Cuando regresaba al barracón, vi que Manu Sibango se dirigía hacia allí portando un enorme paraguas negro que le guarecía de la lluvia. Entré sin prestarle atención y recogí mi ropa para vestirme. Cuando quise darme cuenta, su látigo se abatió sobre mi espalda desnuda, casi en el mismo lugar en el que todavía cicatrizaba la herida producida por la vara de Zippo. Caí al suelo y me revolví, mitad furioso, mitad asustado, mitad dolorido. El dueño de la plantación se alzaba como un vigía frente a mí, observándome con sus ojos apagados. Ni siquiera mostraba enfado. Su semblante era una máscara.

—¿Adónde ibas? —quiso saber.

Lo comprendí al momento. Una buena información siempre era valiosa para el informante. Cualquiera de aquellos con los que me había tropezado en la huida...

Así que era mejor no mentir, ni hacerme el tonto.

—Examinaba el terreno —me mordí el labio para dominar el dolor, y más aún las lágrimas que podían traicionarme y mostrar mi miedo—. Quería aprender cuanto antes cómo es esto.

Silencio.

—Estoy aquí, ¿no?

Manu Sibango dejó transcurrir unos segundos. Solía hacerlo cuando algo se le atravesaba en la mente. Tuve oportunidad de comprobarlo durante el tiempo que estuve allí. A veces, pensaba las cosas un poco más de lo normal. Otras, fingía tomárselo con calma mientras razonaba intentando comprenderlas adecuadamente. Casi siempre calculaba pros y contras. Debió de pensar que otro latigazo me deslomaría, y acababa de pagar treinta y cinco dólares por mí.

Levantó el látigo.

Y yo me puse en pie.

No fue un desafío, fue una prueba de honestidad. Una manera de decir: «No vas a pegarme. ¿Ves? Me he puesto de pie porque no tengo miedo, no he hecho nada, y tú no vas a pegarme».

Manu Sibango esperó.

Bajó la mano despacio.

Guardó el látigo, recogió el paraguas, se fue del barracón y entonces fue cuando me dejé caer al suelo de rodillas, exhausto por el latigazo.

Los once muchachos, más Ieobá Bayabei, me rodearon.

Uno habló una lengua. Otro, otra. El tercero lo hizo en dioula.

—Tienes agallas.

—Duele —hice un gesto de impotencia al no poder llegar hasta la herida.

—Date la vuelta.

Dos o tres manos me curaron. Dos o tres manos me ayudaron a levantarme. Dos o tres manos me depositaron en el suelo, boca abajo. Sólo cinco de los presentes, además de Ieobá Bayabei, hablaban dioula. Allí todos éramos extranjeros, aunque muchos sabían francés. El resto lo fuimos aprendiendo de mejor o peor forma, y también otras lenguas; lo necesario para poder comunicarnos. Fue algo que me mantuvo ocupado mucho tiempo en aquel lugar donde no había otra cosa que hacer: sin electricidad, sin ningún avance de la vida moderna —aunque por entonces, de todas formas, yo tampoco los conocía—, sin nada que no fuera trabajar de sol a sol.

Pero, aquella primera noche, comencé a conocer la vida que nos esperaba a mi compañero y a mí.

—Me llamo Sibrai Buekeke —se presentó el que me ayudaba—. ¿De dónde eres?

—Soy Kalil Mtube, de Mubalébala.

—¿Mubalébala? ¿Qué es eso?

—Malí —le aclaré—. ¿Y tú?

—Yo soy de Burkina Faso —dijo sin precisar más.

—¿Cuánto llevas aquí?

—Cuatro años.

Tendría unos quince o dieciséis.

—¿Por qué no te vas?

—¿Adónde? —abrió los ojos Sibrai Buekeke.

—A casa.

—Ya no sé dónde está mi casa —hizo un gesto de indiferencia—. Ni me importa. ¿Qué más da? El día que el amo me pague y pueda irme, me marcharé a Europa.

—¿Te ha pagado alguna vez?

—No. Han sido malos años para el cacao. Si el amo no gana, no hay paga.

Me estremecí. Ieobá Bayabei ya dormía, así que no pudo escucharlo.

—¿Qué es Europa?

—Un lugar hermoso, con trabajo, con oportunidades. Nadie vende niños ni explota esclavos.

—¿Y está lejos?

—Al otro lado del mar.

—¿Qué es el mar?

Sibrai Buekeke se echó a reír. Tenía muchos dientes, aunque amarillentos y mal puestos.

—¿No sabes?

—No, no sé.

—El mar es mucha agua, muchísima agua. Hasta el cielo.

—¿No se cae?

Más risas, ahora acompañadas por las de otros dos que nos escuchaban.

—Has de aprender mucho, tú —dijo Sibrai Buekeke.

Se oyó una voz airada al otro lado del barracón. Yo no la entendí, aunque capté perfectamente su intención. De todas formas mi nuevo compañero hizo de traductor.

—Dice que durmamos, que todos estamos cansados y que mañana el amo ya te instruirá como debe.

Trabajo

A la salida del sol, Manu Sibango se presentó en la puerta del barracón con la misma indumentaria del día anterior. La misma con la que le veríamos casi todos los días, como si no tuviera otra, o como si tuviese dos o tres pantalones y chaquetas todos iguales. Nunca le vi sin su látigo y sin su silbato. Más tarde descubriría, también, que llevaba un cuchillo de mango de marfil oculto en la parte de atrás del pantalón. Y, en ocasiones, muy de tarde en tarde, que sostenía un rifle en las manos.

A mí y a Ieobá Bayabei nos hizo subir a un todo terreno de la marca land rover. Me fijé, como me había fijado en el vehículo de Zippo. Nos dijo que sólo lo haría esta vez, para guiarnos e instruirnos, aunque el campo en el que íbamos a trabajar estaba muy cerca de los barracones y el campamento principal. No me preguntó si me dolía la espalda. No hablamos de lo sucedido la tarde anterior. Pero sí sé que me miró largamente, tratando de saber si yo iba a darle quebraderos de cabeza o no. Intenté no crear problemas, de momento. Ganarme su confianza. Así que mi actitud fue en todo momento de sumisión máxima. Incluso le hice preguntas acerca del trabajo.

—No quieras saberlo todo el primer día —me espetó.

Ieobá Bayabei se mostró más tímido y cortado. Realmente, él creyó todas las palabras que Manu Sibango pronunció el día anterior. Creyó que trabajaba a cambio de una paga, que una vez devuelta la comisión del intermediario seríamos libres, que aquello era un tránsito hacia una vida mejor —igual que la muerte es el camino al paraíso—. No intenté disuadirlo más. Envidiaba su inocencia.

Porque yo no creía nada.

Ya no.

Tenía suficiente.

A mis doce años tenía suficiente.

Sibrai Buekeke llevaba cuatro años allí y me había dicho que no había recibido todavía ni un sólo dolar. La cosecha siempre era insuficiente. El precio bajaba. Manu Sibango era un explotador, aunque las cosas no parecieran irle, lo que se dice, sobre ruedas. Su aspecto era tan miserable como el nuestro.

La única diferencia era que llevaba el látigo.

—Tendréis vuestro machete. Cuidadlo —nos dijo—. Es vuestra herramienta de trabajo. Si lo perdéis o lo rompéis, os lo descontaré de vuestro sueldo. Si alguna vez aparece alguien inesperadamente y os pregunta quiénes sois y de dónde venís, tenéis que decirle que sois de aquí, de Costa de Marfil, que vuestras familias viven lejos y que habéis perdido los papeles. Si contáis que sois de Malí os detendrán, y será peor para vosotros, porque os encerrarán por ilegales. A mí no me harán nada. Será vuestro problema.

No fue demasiado. El trayecto tampoco resultó largo. Nos hizo bajar en la linde de un campo. Allí, y no creo que fuese casual, estaba Sibrai Buekeke y los restantes elementos de nuestro barracón. Debía de ser el mayor, o el jefe, porque Manu Sibango se dirigió a él:

—Diles cómo usar el machete, cómo coger las piñas del árbol y cómo abrirlas, cómo hacerlo todo correctamente. Y que aprendan pronto o te castigaré a ti.

Nos dio un machete a cada uno, se subió a su coche, y regresó al campamento.

Recuerdo que aquel día, después de que Sibrai Buekeke nos enseñara en qué consistía nuestro trabajo, agarré el machete y sentí mucha rabia, mucho odio, una enorme desesperación interior.

El primer golpe que asesté se lo di mentalmente a Manu Sibango. El segundo a Zippo. El tercero a mi padre.

EL CAMPO

Tiempo

El tiempo transcurre de forma distinta en la juventud y en la vejez. Mayele Kunasse decía que los ancianos lo saborean porque se les escapa, y los jóvenes no lo valoran porque aún no han aprendido a medirlo. Yo aprendí que el tiempo también transcurre de forma distinta en cautividad y en libertad. El tiempo de libertad es ocioso y está encaminado al bien global de la familia y del pueblo, pero sin medidas que lo coarten ni muros que lo dividan. El tiempo de cautiverio, en cambio, es la eternidad atrapada en cada segundo y en cada minuto, la necesidad imperativa de dárselo a tu amo, sin otro beneficio que el que él obtiene a costa de tu sangre y tu dolor, tu razón y tu vida. El tiempo de trabajo es amargo y el de la noche efímero. El tiempo de una sonrisa mecida en la paz pasa como un soplo, mientras que el de tu odio se hace constante. Y ese odio se une a otro tiempo que carece de edad: el del miedo. Estás solo.

Estaba solo.

Aquellos primeros días pasaron entre sobresaltos y choques brutales con la realidad de cada momento.

Trabajábamos de sol a sol, todos los días, sin descanso. No había sábados, ni domingos, ni jornadas de recuperación. Pasábamos doce o catorce horas en los campos de cacao, comíamos en menos de treinta minutos y, a veces, preferíamos hacerlo en cinco y aprovechar el tiempo restante para dormir un poco. Regresábamos al anochecer, cenábamos y nos acostábamos. Algunos chicos hablaban de aquel prodigio que yo había visto en la ciudad, la televisión. Pero eso funcionaba con electricidad, y allí no había. Otros decían que en sus casas oían la radio, y que eso no necesitaba electricidad. Lo malo es que nadie tenía una radio, ni las pequeñas baterías que la hacían funcionar. Un muchacho habló del placer de la lectura, y dijo que lamentaba que allí no hubiese nada para leer, un periódico o un libro. Me contó que los signos que vi en las ciudades eran letras, y que con las letras se formaban palabras, y con las palabras frases. Cuanto decíamos podía escribirse.

Fue él quien trazó por primera vez mi nombre con su machete en la arena, una noche, después de la lluvia.

Kalil Mtube.

Como serpientes quietas en el barro.

Por la mañana, mi nombre aún seguía allí. Era la prueba de que estaba vivo. Mi huella. Por la noche, sin embargo, volvió a caer un fuerte aguacero y mi nombre se desvaneció como lágrimas en la lluvia.

La comida era escasa. Arroz y ñame, arroz y ñame, arroz y ñame. Y para beber, la charca que compartíamos con los animales. Ieobá Bayabei intentó ser fuerte, pero muy pronto empezó a quebrarse como un tallo aplastado por una plaga implacable. Por fortuna, cuantas veces creí que no lo resistiría, y fueron muchas en los primeros días, me demostró hasta qué punto la naturaleza humana es capaz de sobreponerse a los infortunios más angustiosos. Así, mi compañero en aquel viaje curtió su alma con las gotas de la experiencia cayendo lentamente, muy despacio, sobre su ánimo.

Sibrai Buekeke se hizo nuestro amigo.

A veces, no entendía por qué era tan feliz. A veces, no comprendía por qué siempre le ponía buena cara al mal tiempo. A veces, dudaba de su cordura, o de su sinceridad, o de ambas cosas a la vez.

Solía decir:

—Si algo es inevitable, no lo evites, síguelo. Y espera a que sea evitable sin bajar la guardia.

Todos los que estábamos allí vivíamos en las mismas condiciones y teníamos nuestra propia historia. Ninguno era mejor o peor. La única diferencia era que, en mi caso, la necesidad de ser libre no menguó en uno solo de aquellos días.

Se hizo más y más fuerte.

Seguía.

Pero esperaba «lo evitable», sin bajar la guardia.

Herida

La primera gran lección que aprendí allí me la dio el destino a los diez días de haber llegado.

Era media mañana, el sol estaba en lo más alto, hacía mucho calor y el vaho de la tierra era tan denso que nos quemaba los pulmones. Recoger las piñas era agotador. Cada tajo que dábamos con el machete para abrirlas, suponía un esfuerzo que requería una respiración profunda, y cada respiración nos inundaba el pecho con una humedad que nos abrasaba, que nos ardía en todo el cuerpo igual que si estuviésemos huecos, y el fuego recorriera cada camino hasta su fin.

Vi a Ieobá Bayabei un segundo antes de que sucediera la desgracia.

Se llevó una mano a los ojos, retiró el sudor; debió hacerlo mal, porque una gota rebelde caía por su piel cuando daba el siguiente tajo y...

Su brazo izquierdo se interpuso entre el machete y la piña.

El grito de mi amigo fue sobrecogedor. Batió el silencio de extremo a extremo del campo, sacudiéndonos a todos. Ninguno dejó de alzar la cabeza. Ninguno dejó de buscar el origen de aquel grito. Ninguno reaccionó como lo hice yo.

—¡Ieobá Bayabei!

Estaba a unos diez metros, arrodillado, con el brazo izquierdo extendido y la sangre manando a borbotones como una fuente. Su corazón la empujaba igual que un émbolo y él, aterrado, contemplaba el profundo tajo en silencio. Con su grito había quemado todas las palabras. Su rostro mostraba el semblante de la muerte. Caí frente a él y me quité la camisa empapada en sudor. Había visto hacer aquello a mi padre, así que no tuve la menor duda de cómo actuar. Le anudé la camisa un poco más arriba del codo y frené la hemorragia.

Para entonces, los primeros compañeros se habían acercado a nosotros.

—¡Rápido! —les grité—. ¡Hay que avisar a Manu Sibango!

Nadie se movió.

—¿Qué os pasa? ¡Vamos! ¡Puede desangrarse!

—No es más que un corte —dijo uno.

—Mala suerte para él —añadió otro.

—¿Quieres que nos castigue el amo? ¿Cómo vamos a dejar el campo? —apuntó un tercero.

—¿Y él? —señalé a mi amigo.

Se encogieron de hombros.

Miré a Sibrai Buekeke.

—Acompáñale tú —me aconsejó—. Nosotros no podemos hacerlo.

Me costó creer lo que estaba viendo, pero no me paré a discutir. Hice que Ieobá Bayabei se pusiera en pie y juntos echamos a andar hacia el campamento. Por dos veces mi amigo estuvo a punto de desmayarse, más por el susto que por la herida. Lo sostuve y en diez minutos llegamos a nuestro destino.

Y si nuestros compañeros habían mostrado indiferencia, lo que mostró Manu Sibango fue... enfado.

—¡Serás estúpido! ¿Tienes idea de lo que vale una venda y todo lo necesario para curarte eso? ¡Cómo se te ocurre cortarte, animal! ¿Y vuestros machetes?

Aquel día me pudo la sorpresa.

—Yo...

—¡Tú regresa al trabajo! ¿O quieres que te descuente el tiempo perdido? ¡Ya es suficiente con que uno sea idiota, pero dos...!

Volví al campo. Dejé a Ieobá Bayabei con Manu Sibango y las mujeres de la casa y, consternado, sin palabras, deshice el camino sin entender muy bien qué había sucedido.

Cuando llegué al campo, sólo Sibrai Buekeke me preguntó cómo estaba mi amigo. Le dije que bien, o al menos eso creía.

—Va a descontarle de su sueldo la venda y los medicamentos que utilice, ¿lo sabías? Y será mejor que mañana acuda al trabajo porque, si no, cada día perdido también se lo va a quitar.

—¿Cómo es posible?

—Es así —hizo un gesto simple, rendido ante lo evidente.

Rebeldía

Aquella noche, cuando regresamos, Ieobá Bayabei dormía. Tenía un sucio vendaje cubriéndole el brazo y los primeros atisbos de fiebre inundaban su frente. No fue una buena noche, y yo estaba demasiado agotado, como siempre. Aquello era un sello indeleble que llevábamos todos pegado a la piel. No pude hacerle compañía despierto. Dos veces abrí los ojos, sacudido por los gemidos de mi amigo. Dos veces comprobé que la fiebre aumentaba. Por la mañana ardía, pero el mismo Sibrai Buekeke recordó sus palabras del día anterior:

—Es mejor que venga con nosotros al campo. Por poco que haga, será suficiente como para que el amo no lo castigue y considere que ha trabajado este día.

Ieobá Bayabei no se tenía en pie.

A pesar de ello, fuimos al campo.

Le sujetamos Sibrai Buekeke y yo. Le dimos ánimos. Le pusimos en la mejor zona, a la sombra, de tal forma que no necesitara sortearla o pelear por ella. Pero fue inútil. A las dos horas de estar allí, mi compañero se desplomó sobre el suelo sin la menor resistencia. Cuando le toqué la frente me abrasé.

—Voy a llevarlo al campamento.

Esta vez, ni siquiera Sibrai Buekeke se movió.

—¿Alguien viene?

—Lo hicimos por él, para que no perdiera su paga del día. Ahora es cosa suya —se justificó el muchacho que tenía más cerca.

El día anterior había podido llevar a Ieobá Bayabei caminando, uno al lado del otro. Hoy tenía que hacerlo cargando con él, casi desvanecido. Sentí deseos de llorar.

—¿Nadie va a ayudarme?

—No seas loco. Manu Sibango te castigará si vuelves a desafiarlo —insistió Sibrai Buekeke.

Cogí a Ieobá Bayabei en brazos. Las piernas se me doblaban. Yo sólo era un año mayor que él, y estaba tan delgado como cualquiera. Mi fuerza era la de un niño formándose. Todavía no estaba curtido por el trabajo en los campos. Di una docena de pasos antes de tropezar y caer al suelo. Me levanté, y en esta ocasión cargué con él, sobre mi espalda.

Llegué hasta la linde del bosque.

Cincuenta metros.

Y mis rodillas se doblaron.

Era un héroe sin fuerzas. Un amigo sin poder.

—¡Sois unos cobardes! —grité a los demás desde allí—. ¡Dejaríais que se muriese sólo por no airar a Manu Sibango! Y vuestro sueldo... ¡Nunca vais a cobrar nada, y lo sabéis! ¡Nunca! ¡No sois más que esclavos!

No se movieron.

Arrastré a Ieobá Bayabei bajo un árbol y volví a mi trabajo.

Por la noche, lo llevamos al barracón; estaba ardiendo por la fiebre y temblando.

Castigo

Llevábamos apenas quince minutos en el barracón, y mojaba la frente de Ieobá Bayabei por segunda vez con agua, cuando se hizo el silencio.

Levanté la cabeza y allí estaba Manu Sibango.

—Ven —me ordenó.

Fui tras él. Había una estaca junto a la charca y todavía no sabía su utilidad. Lo supe esa noche.

Manu Sibango me ató a ella, me quitó la camisa y la arrojó al suelo. Se apartó unos pasos y tomó su látigo. Las piernas se me doblaron de nuevo, ahora de miedo. Busqué algo en los demás, una complicidad, un apoyo, una mirada de ánimo, pero lo único que obtuve fue el frío de aquel silencio estremecedor que en aquel momento nos envolvía. Mis ojos rebotaron en los suyos. Cada uno de nosotros era un superviviente. Cada uno tenía ya en su corazón la dosis necesaria de egoísmo impuesto por la necesidad de seguir con vida. Además, yo había contravenido las normas no escritas, las leyes no pronunciadas.

Parecía que Manu Sibango era capaz de adivinar lo que pasaba por mi cabeza.

—Me duele hacer esto —se escuchó su voz.

Miró alrededor como un general mira a sus tropas antes de enviarlas a la muerte, con dolorosa emoción.

—¡Todos sabéis que me duele!, ¿verdad?

Silencio.

—¿Verdad?

—Sí, amo —se escuchó un coro ahogado.

Entonces se dirigió a mí.

—No queremos líderes —me dijo—. No necesitamos líderes. Aquí tenemos un trabajo, comida, un techo. ¿Qué más podemos desear?

Yo miraba su látigo, no sus ojos. Tenía miedo, mucho miedo, más miedo del que jamás pude haber sentido por algo. Mi padre me había vendido en un abrir y cerrar de ojos, y fue terrible. Las primeras noches con Zippo también lo fueron. Pero ahora miraba aquel látigo en manos de Manu Sibango y sabía de su fuego, del dolor que contenía, agazapado, dispuesto a saltar sobre mí.

—Kalil Mtube, ¿qué tienes que decir?

Esperaba, así que mis ojos pasaron del látigo a él. Su mirada era tan neutra como la de todos los días anteriores y la de todos los días siguientes. La mirada de un hombre con un látigo que grita en silencio que no quiere usarlo, pero que no tiene más remedio que hacerlo. También destilaba dolor, amargura.

Incomprensión.

Me decía: «Hijo, ¿por qué me haces esto?».

Interpretó la mía de muy distinta forma.

—Borra esa mirada de odio —me dijo—. Soy tu amo, tu amigo, tu padre. Te haré un hombre y un día me recordarás con respeto. Un día me agradecerás esto.

Levantó la mano, el látigo.

Hubiera querido hacerle frente, mirarle cara a cara, pero no pude. Le di la espalda en el instante en que el látigo restalló en el aire por primera vez.

Mi espalda quedó dividida en dos.

Mi cuerpo también.

Pero todo el dolor fue íntegro a mi mente.

El segundo latigazo me hizo doblar las rodillas. El tercero me hizo caer al suelo.

Esperé el cuarto, pero no llegó.

De pronto, una eternidad después, esperando ese nuevo castigo, vi los pies de Manu Sibango a mi lado. Levanté la cabeza y le observé desde allí, como un gigante, recortado contra la penumbra de la noche que ya se estaba apoderando del campamento.

—Esa mirada, esos ojos... —me dijo ahora en voz baja, dirigiéndose sólo a mí—. Los conozco. Eres rebelde.

Apoyé la cabeza en el suelo y cerré los párpados.

El pie de Manu Sibango me obligó a abrirlos de nuevo.

—¿Eres uno de los nuestros?

No entendí la pregunta. O tal vez sí. Empezaba a desmayarme.

—Dime, ¿eres uno de los nuestros?

Me clavó la parte gruesa del látigo en el estómago y apretó. Mucho.

—Quiero oírlo.

Me rendí.

¿Quién dijo que fuese un héroe?

Sólo quería sobrevivir.

—Lo soy.

Silencio.

Un largo silencio mientras la presión disminuía.

—Bien —suspiró Manu Sibango.

Y eso fue todo.

Dio media vuelta y me dejó allí.

Mano

Creo que transcurrió una hora, puede que menos, puede que más. Recuerdo vagamente haber visto las estrellas del cielo y hablarle a mi madre, aunque no estoy seguro de nada. A lo mejor fue ella la que me habló a mí.

Sentía tanto dolor que ya no sentía nada.

Calor y frío.

Esas cosas imposibles de explicar.

En algún momento alguien me desató y fui llevado al barracón.

Nunca he sabido si fueron ellos, mis compañeros, o si lo hizo el propio Manu Sibango, o si fueron las mujeres de la casa, siempre silenciosas, siempre huidizas y ausentes, como sombras en la noche. Lo cierto es que, de pronto, estaba en mi rincón, en mi jergón de paja, boca abajo, y que desde esa posición podía ver la silueta de Ieobá Bayabei.

Estaba despierto.

—¿Qué... te han... hecho? —balbuceó.

Vi la fiebre en sus ojos. Yo no era más que una pesadilla, una imagen irreal perdida en sus reflejos.

—Duerme —susurré.

—Pero...

—¡Déjalo en paz! —dijo alguien.

Reconocí la voz de Sibrai Buekeke.

Ieobá Bayabei volvió al mundo de sus sueños.

Yo traté de darme la vuelta, pero Sibrai Buekeke no me dejó. Me sujetó los hombros con firmeza y acercó sus labios a mi oreja.

—Quieto. Voy a curarte un poco todo esto.

—¿Me ha atravesado?

—Casi —chasqueó la lengua—. Una vez, con cinco latigazos, mató a uno.

—¿Lo viste?

—No.

Tuve que dominar un grito de dolor. Sibrai Buekeke me limpiaba concienzudamente la herida. Su otra mano, sin embargo, me acariciaba la piel, los hombros, la cintura, la parte superior de las nalgas.

No era un consuelo.

Era ternura.

No quise pensar, ni preguntar. Apenas si podía moverme. Recordé una narración del desierto contada por Mayele Kunasse en la que hablaba de un hombre que con una mano mataba y con la otra curaba. Una mano necesitaba de la contraria. No había curación sin daño, ni podía haber daño sin curación.

El anciano más sabio de mi pueblo decía que no todo el que te acaricia lo hace por tu bien, ni todo el que te causa daño lo hace por tu mal.

Eran pensamientos demasiado profundos para mi estado actual.

Así que en algún momento del siguiente silencio debí de dormirme.

Convalecencia

Al día siguiente, a causa de la fiebre, no sólo Ieobá Bayabei fue incapaz de ponerse en pie para ir a trabajar. Mi frente también ardía, y mi cuerpo estaba atenazado por el agarrotamiento de todos mis músculos. Los dos nos quedamos, pues, en nuestros jergones, sin nada que hacer, mirando el día al otro lado del barracón, sin nadie que se ocupase de si teníamos hambre o sed.

Manu Sibango sólo vino para decirnos:

—¿He comprado a dos mujeres?

Escupió en el suelo, a la entrada del barracón, y se marchó refunfuñando algo acerca de la debilidad humana.

La fiebre subió y bajó a su antojo. Era un día húmedo y de calor agobiante que hacía crujir la madera. No sé quién estaba peor, pero nos turnamos para ir a la charca a por agua. Unas veces era yo el que mojaba la frente y los labios de mi amigo, y otras era él. Su brazo parecía infectado. Mi espalda era un cruce de carreteras abierto al sol.

—Por mi culpa —dijo Ieobá Bayabei.

—Tú no tienes la culpa de nada —le advertí—. Nadie tiene la culpa de que te cortaras.

—A mí me descontará las vendas y los días que pierda de mi trabajo.

—Eres un iluso.

—¿Por qué?

—¿Tan ciego estás? ¿No has hablado con los demás? Manu Sibango no paga a sus trabajadores. Cada año tiene una excusa: el precio del cacao, la mala cosecha, nosotros... Nunca veremos dinero. No se paga a los esclavos. ¿A quién vamos a quejarnos? Y de esta forma, con la esperanza de lo que les debe, siguen aquí. Sin olvidar que muchos no tienen ya adónde ir.

—No puedo creer que las cosas sean así de malas.

—Pregunta, Ieobá Bayabei. Pregunta. ¿Cuántos estamos aquí? ¿A cuántos ha dado su paga anual una sola vez?

—Uno me ha dicho que el amo guarda el dinero porque, de todas formas, aquí no podemos gastarlo.

—¿Tú crees eso?

—¿Y tú lo sabes todo?

Quería creer. Quería confiar en algo. Ieobá Bayabei era un verdadero niño inconsciente. Yo, por el contrario, sentía que estaba creciendo a toda prisa, que mi mente se ensanchaba a cada momento, cada día, con cada nueva experiencia.

No quería morir allí.

—Tenemos que irnos de aquí —le dije a mi compañero de viaje.

—Yo no.

—Ven conmigo, por favor.

—Vete tú.

Ieobá Bayabei se dio la vuelta.

Y yo me quedé solo.

Relación

Por la noche, cuando regresaron los trabajadores de los campos, Sibrai Buekeke fue el primero en entrar por la puerta del barracón. Se le veía agitado, así que deduje que había hecho el camino corriendo pese al cansancio. Correr allí era una estupidez. Nadie lo hacía. Se arrodilló a mi lado sin hacer caso de Ieobá Bayabei y me puso una mano en la frente para comprobar mi temperatura. Sonrió con todos sus dientes hacia afuera.

—Estás mejor —dijo—. Mañana podrás trabajar.

—Me duele la espalda.

—El trabajo te sentará bien. Y será mejor que no irrites más a Manu Sibango. Te he traído una cosa.

En su mano apareció un fruto, una pequeña y jugosa bola de color naranja. Él mismo la abrió para ponérmela en los labios. Estaba deliciosa.

—Gracias.

—Deja que te vea la espalda.

Me tendí boca abajo. Había estado así todo el día, o de lado. Era incapaz de ponerme boca arriba. De nuevo las manos de Sibrai Buekeke recorrieron los ríos rojizos de mis heridas unos instantes. Luego fue a por agua y las limpió. Yo no tenía vendas. Manu Sibango no había creído oportuno dármelas. Mi compañero estuvo varios minutos curándome, hasta que sentí lo mismo que la noche anterior.

Ya no eran manos sanando, eran manos acariciando.

Mis hombros, mis costados, la parte superior de mis nalgas...

No supe qué hacer. Me quedé quieto. Sibrai Buekeke era el único que me atendía. Sin embargo, aquello era distinto. Lo conocía, no por experiencia propia, sino por dichos y comentarios en mi pueblo. A Manpi Youssounabe le habían expulsado por algo así.

Y entonces sentí aquel beso.

Los labios de Sibrai Buekeke al final de mi espalda, donde nace el desfiladero que divide en dos la parte inferior del cuerpo.

Me giré de pronto, tan asustado como furioso, y le di un manotazo.

Cayó sobre su trasero, cogido de improviso.

Nos miramos.

—¿Qué te pasa? —quiso saber.

—Nada.

—Entonces déjame...

—No.

—¿Por qué?
—No quiero que vuelvas a tocarme.
En sus ojos vi ternura.
—Necesitas un amigo —me dijo.
—No, no esa clase de amigo.
—Déjame estar contigo.
—¡No!
—Morirás si estás solo.
—Yo no moriré —apreté los dientes.
Hubo más ternura en sus ojos. Pero le bastó con ver los míos para saber que hablaba en serio. Sibrai Buekeke se puso en pie.

Dio media vuelta y ya no se acercó a mí.

Gusano

Me hablaron del gusano de Guinea unos días después de todo aquello, mientras empezaba a fraguar los planes para escapar del campo de Manu Sibango. Ieobá Bayabei se encontraba bien, aunque la herida de su brazo, mal cerrada y mal curada, se lo había deformado un tanto. Por suerte, la infección no había progresado, aunque eso podía considerarse casi un milagro.

Estábamos comiendo, a mediodía, cuando me rasqué entre las piernas, en el sexo. Dos de los compañeros que tenía más cerca se dieron cuenta de ello. Uno era de Liberia, otro de Burkina Faso. Los dos hablaban dioula. El primero fue el que se dirigió a mí.

—¿Te duele?
—No, me pica.

—¿Qué clase de picor?

—Pues... picor, me escuece un poco.

Intercambiaron una mirada de susto. Me apercibí de ello.

—Puede que no sea el gusano de Guinea —hizo un gesto ambiguo el de Burkina Faso.

—¿Qué es el gusano de Guinea? —pregunté yo.

—¿No lo sabes?

—No.

—¿Nadie te ha hablado de él todavía?

—No —repetí.

—Es cuestión de suerte —reflexionó el de Liberia—. El último al que le atacó fue a Kosi Amaulu.

—Y ahora está bien —asintió el de Burkina Faso.

—Sí, le salió entero. Tuvo suerte.

—¿Qué es el gusano de Guinea? —repetí tan harto como alarmado.

—Está en el agua —comenzó a decir el de Burkina Faso—. Así que puede que bebas toda la vida sin que te pase nada o que mañana entre en ti.

—Crece en tu cuerpo —le tomó el relevo el de Liberia—. Va de un lado a otro y avanza continuamente —hizo un gesto amplio con la mano—. Siempre entre la carne y la piel, y te muerde.

—Te muerde mucho, sin parar, por dentro —siguió el de Burkina Faso—. Y crece hasta convertirse en una serpiente que muerde más y más.

—Seis meses —asintió el de Liberia.

—Seis meses —repitió su amigo—. Y cuando ya no cabe en tu cuerpo, porque mide un metro, busca la forma de salir. Entonces se mueve otra vez.

—Se abre paso hasta dar con un agujero. Avanza hasta encontrarlo o lo abre donde puede.

No sabía si creerles o no. Llegué a pensar que me estaban tomando el pelo, que era una confabulación para reírse de mí. Me resultaba imposible imaginar un bicho así, y menos que hiciera lo que me contaban. Pero sus caras estaban demasiado serias, y el tono de su voz era demasiado amargo como para suponer que fuese una broma.

Así que era verdad.

—Cuando el gusano empieza a salir hay que dejarlo, no tocarlo, no tirar de él para que vaya más rápido.

—Si se intenta arrancar y una parte queda dentro, vuelve a anidar y a crecer, y el tormento dura otros seis meses. Así que hay que quedarse muy quieto, aunque el dolor sea igual que una brasa devorándote.

El de Liberia movió la cabeza de arriba abajo.

El de Burkina Faso me miró a los ojos.

En aquel momento y a tenor de todos mis picores, yo estaba seguro de tener no uno, sino un enjambre de gusanos de Guinea en mi cuerpo.

Dejé de beber agua de la charca del poblado los días siguientes.

Hasta que la sed y la desesperación me hicieron claudicar y me la jugué, como todos.

Creo que sabía que un día vería un gusano de Guinea.

Cacao

La vida en los campos variaba muy poco. Había una cosecha al año, cuya recogida tenía lugar entre octubre y enero, y el éxito de esa misma cosecha dependía de algo tan natural como que lloviese o no a tiempo. Nuestro trabajo consistía en coger las piñas de cacao del árbol donde crecían como si fueran unas verrugas, directamente del tronco. Allí mismo, y con el machete, las abríamos, dejando la cáscara y la melaza en la tierra. Esa cáscara puede comerse, porque es dulce como la chirimoya. Pero como había tanta, la dejábamos en el suelo para que sirviera de abono. Los granos de cacao se metían en sacos, un trabajo que generalmente hacían los más pequeños. Y, finalmente, los camiones recogían los sacos del campamento.

En el campamento metíamos los granos en cámaras de fermentación durante tres días. Después, los removíamos y dejábamos pasar el mismo periodo de tiempo. En los secaderos estaban otros tres días más, con sus respectivas noches. Los secaderos tenían una cinta de transporte que se calentaba con la quema de madera procedente del bosque. Esta leña se apilaba a un lado, junto a la puerta del horno, para que nunca faltase. El calor allí era aún más intenso que en el campo. Finalmente, los granos se aventaban y ensacaban para el transporte.

Otra de nuestras tareas consistía en poner trampas para evitar que las ardillas se comieran todas las piñas de cacao. Tanto las normales como las voladoras podían llegar a ser una plaga voraz y devastadora, pero no podíamos utilizar veneno. También sulfatábamos los campos cuatro veces al año. La mezcla de sulfato se hacía en unos bidones que cargábamos a la espalda en unas mochilas de cobre.

Según Manu Sibango, poco más había que hacer.

Así que siempre, siempre, había trabajo: desbrozando campos o senderos, recogiendo y abriendo piñas, cargando, sulfatando, poniendo trampas, secando...

Pero ni el peligro de la falta de lluvia, ni el de las ardillas, ni ningún otro, era superior al que nos llegaba, siempre, del más allá, del mundo desconocido que era el que consumía nuestro cacao.

Si ese mundo bebía o comía menos chocolate, o si lo pagaba mal..., según nuestro amo...

Precio

La noticia de que el precio del cacao había vuelto a bajar llegó al campamento un par de semanas después. Primero fue un rumor, y después una realidad confirmada por el mal humor de Manu Sibango, que se pasó tres días dando gritos. Una suerte de callada desesperación, seguida de un manto de resignación e impotencia, se extendió entre nosotros. Ieobá Bayabei evitó enfrentarse a mis ojos.

Nadie se quejó. Ninguna voz se elevó por encima de las demás para exigir justicia, para quejarse, para decir que nosotros no teníamos la culpa.

Engañados, esclavizados, perdidos en mitad de la selva sin que nadie supiera que existíamos.

¿Qué podíamos hacer?

Alguien dijo haber visto llorar a Manu Sibango, pero no le creímos.

¿Llora el diablo? ¿Llora el que no tiene corazón?

El amo nos reunió a la noche siguiente para hablarnos. Mejor o peor, sabía nuestras lenguas aunque, si no era para hablarnos de uno en uno, se dirigía a todos en francés. Se subió a una silla, junto a la estaca en la que yo había sido azotado, y con voz trágica anunció lo que ya sabíamos.

—¡El precio del cacao ha vuelto a bajar! —gritó.

Esperó nuestra reacción, pero nadie dijo nada. No nos movimos.

—¡Este año no vais a poder cobrar vuestros sueldos, ni a restituirme lo que me debéis aquellos que adeudáis la comisión que pagué por vosotros a los intermediarios! —continuó a voz en grito—. ¡Pero no es vuestra culpa ni la mía! ¡Vosotros habéis trabajado bien, y yo soy un buen amo que os alimenta y os cuida! ¡La culpa es de los niños alemanes, franceses, italianos, españoles, americanos...! ¡La culpa es de esos niños que beben cada día vuestro cacao y comen el chocolate que se hace con él, pero que no quieren daros lo que vale!

—¿Qué clase de niños odiosos son esos? —escupió alguien a mi lado.

—Yo los mataría con mi machete —respondió otro.

—Toman cacao para ser oscuros, como nosotros. Son niños enfermos, blancos, sin vida —aseguró un tercero.

—¡Hemos de seguir trabajando! —dijo Manu Sibango—. ¡Si nos rendimos ahora moriremos de hambre, así que el próximo año vamos a tener la mejor cosecha, y seguro que entonces los precios habrán subido! ¿Estáis de acuerdo?

No hubo un excesivo entusiasmo, pero tampoco una absoluta desmoralización. Los veteranos ya conocían la escena por años anteriores. Los nuevos pensaban que, de todas formas, iban a seguir allí aquel año, y otro, y otro más. Muchos teníamos miedo de escapar, aunque lo deseáramos. Sin embargo, la mayoría se resignaba por no tener adónde ir, perdidas sus raíces, sus orígenes, lejos de sus casas y de lo que un día fueron sus familias.

Yo seguía pensando en aquellos niños de los que había hablado Manu Sibango.

Sabía que el amo era un ladrón, pero aun así, algo en mi interior quiso creerle.

Necesitaba creerle.

Y odié a aquellos niños.

Huida

Escapé tres días después del anuncio.

Aquella era una noche clara.

Terminó la jornada laboral, regresamos al campamento, tomé mi cena y me acosté. Cuando el resto ya dormía tan agotados como cada noche, me levanté y salí afuera. Durante todo el día había estado reservando fuerzas. Aun así, el cansancio se pegaba a nuestros músculos igual que el sudor a la piel. No importaba que fuésemos muchachos muy jóvenes. Las condiciones de las plantaciones de cacao son infrahumanas. Mi única resistencia en aquellos momentos era la de saber que iba a necesitar de toda mi energía y mi capacidad para huir.

Recordaba el viaje de ida. La carretera, la posición del sol, el tiempo que tardamos en llegar al campamento de Manu Sibango. Eran muchos kilómetros de selva, pero estaba decidido a arriesgarme. No tenía nada que perder. Si me quedaba allí me mataría el amo, o el gusano de Guinea —con el que empezaba a soñar cada noche—, o una serpiente, o cualquier otra fatalidad. Si conseguía llegar a un pueblo o una ciudad, o simplemente a una carretera, tendría una oportunidad. Me daba igual no tener documentación o no entender determinada lengua. Me daba igual todo lo que no fuera escapar de aquel infierno.

Sólo había dos formas de salir de allí: con los pies por delante o caminando. Y no pensaba morir. Quedaba la otra opción.

La salida más razonable era seguir la senda por la que llegaban los vehículos al campo y por la que se llevaban el cacao. Pero serpenteaba a través de la masa boscosa dando muchas vueltas, y estaba embarrada, con lo cual mis huellas iban a quedar allí impresas mostrando mi paso indeleble.

Me interné por la selva y me guié por las estrellas. Mi única duda consistió en determinar si era mejor correr con los pies descalzos a la mayor velocidad posible, o hacerlo con los zapatos para evitar una picadura venenosa. Opté por lo primero, asumiendo el riesgo. Las serpientes no oyen, son sordas, es inútil gritar o hacer ruido; pero al pisar fuerte el terreno vibra y eso sí las espanta. Salvo que tuviera la mala suerte de pisar una, no me atacarían. Lo importante era llegar cuanto más lejos mejor, para que la motocicleta de Manu Sibango no me diera alcance. Así fue como eché a correr.

Disponía de unas pocas horas, hasta el amanecer.

Entonces se dispararía la alarma.

Pasé mucho miedo aquella noche. Me caí una docena de veces, me lastimé, me asusté muchas más por los gritos de los animales y por los silencios inesperados. En mi aldea no había aquella abigarrada densidad arbórea. Mi aldea era un desierto. Mi mundo no era el de la selva, así que todo me producía inquietud y miedo. Aún hoy me pregunto qué me impulso a huir del campamento y los campos de cacao. Aún hoy me asombra mi capacidad de sufrimiento, pero más mi arrojo. Creo que fue la desesperación. Sé que el miedo es un émbolo mayor aún que la valentía. El miedo te obliga a actuar a la desesperada.

Aunque, de hecho, miedo y valor sean la misma cosa. Las dos caras de una misma moneda.

Al amanecer bebí de una charca, olvidé el hambre, me sentí libre.

Estaba lejos.

Había recorrido una gran distancia.

Sí, seguro.

Me senté en un claro para descansar, para reposar tan sólo un momento. Y se me cerraron los ojos.

No pude evitarlo. Se me cerraron. Ni me di cuenta.

Soñé con Kebila Yasee, mi madre, en libertad.

Nunca había soñado con ella desde el día en que fui vendido.

Fue dulce.

Un hermoso sueño en el que ella, viva, me hablaba de los días en que fuimos más grandes, y más poderosos, y la tierra daba riquezas, y los hombres construían el futuro con sus manos y su esperanza.

Me despertó el rugido de la motocicleta de Manu Sibango.

Abrí los ojos de golpe, miré al cielo, al arco descrito por el sol en las horas en que había dormido, y escuché el silbato, igual que un rayo agudo en la espesura.

Ya no corrí.

No fue necesario.

Enterrado

El pozo en el que me enterró Manu Sibango, hasta el cuello, ya estaba abierto cuando yo llegué.

Lo cubrieron con arena y me dejaron allí.

Yo le temía al látigo. Sabía que no serían tres latigazos, sino cinco o diez. Entonces supe que eran mucho más piadosos tres, cinco o diez latigazos. Entonces aprendí que el dolor físico siempre es más soportable que el dolor mental.

A ras de suelo, inmóvil, el mundo se ve de forma muy distinta.

Manu Sibango no me pegó ni me gritó. Sólo me miró a los ojos. Su mirada me cortó por la mitad. Aún hoy sueño con aquella mirada, la del día de mi captura. La mirada de Manu Sibango era siempre cansina, pero fue terrible en ese instante. Me empequeñeció. En el fondo el amo era tan miserable como nosotros, esclavo de sí mismo. Pero tenía el poder sobre nuestra vida.

Sí, a ras de suelo el mundo se ve muy raro.

Los perros se acercaban curiosos y me lamían. Las moscas zumbaban en mi cara impunemente. Las hormigas se paseaban por mi piel produciéndome mil cosquillas, penetrando en mis fosas nasales, en mis oídos, mordiéndome con una saña feroz. Y peor eran las que lo hacían por debajo de la tierra. Al borde de la locura, pues creía que me estaban devorando las alimañas y que mi cuerpo desaparecía poco a poco, porque pronto dejé de sentirlo, mi único punto de apoyo fue pensar justo en aquello que no era real. Escuché la voz de Mayele Kunasse y vi a mi madre, siempre ella. A mediodía, el sol fue un infierno. A media tarde, la lluvia casi me ahogó. Por la noche, quise morir cuanto antes.

Aunque sabía que no ocurriría.

Era consciente de ello.

Manu Sibango nos dijo, al llegar a la plantación, que enterraba dos días a los que pretendían escapar y eran capturados por él. Dos días la primera vez y tres la segunda, aunque tres eran suficientes para morir. Nadie lo había intentado una segunda vez.

Dos días.

Y en efecto, después de todo, no quiso arriesgarse a perderme. Había pagado treinta y cinco dólares por mí, y apenas llevaba allí el tiempo suficiente como para haberlos amortizado con mi trabajo.

Al anochecer del siguiente día, es decir, un día y medio después de haberme enterrado, hizo que me sacaran del agujero.

Apenas fui consciente de ello.

EL TIEMPO

Naya

Cumplí trece años.
Pasó un año y cumplí los catorce.
Y siguió pasando el tiempo.
Yo ya era un hombre de cuerpo flexible, músculos abiertos, mente despierta. Un hombre que transitaba por el olvido, pero que esperaba. El niño había muerto. Se quedó en el agujero en el que me enterraron. El hombre crecía, pero ya tenía consciencia de que era lo que era.
Así me sentía.
Nadie cobró su salario, y si alguien lo hizo no se lo dijo a los demás. Siempre era lo mismo: el precio del cacao bajaba, bajaba, bajaba. Nos decían que Occidente explotaba a África. Los niños blancos, que al parecer no estaban enfermos sino que ése era el color de su piel, bebían cacao

con el sudor de nuestra sangre y comían chocolate hecho con nuestra vida. Un cacao amargo. Eso era al menos lo que nos decía y repetía insistentemente Manu Sibango.

Llegaron nuevos trabajadores, varios de Malí, y uno de la tierra más próxima a la de Ieobá Bayabei y a la mía. No pudo contarnos nada. Era un simple niño como lo habíamos sido nosotros. Porque ahora ya éramos hombres. Lo peor de ser de Malí era que si alguna vez alguien robaba algo, se nos acusaba directamente a nosotros y se nos interrogaba de forma más dura.

Ieobá Bayabei estaba con Sibrai Buekeke.

Siempre juntos.

Compartían su existencia y se querían.

Allí nadie se metía con nadie. La vida nos estallaba en el cuerpo, pero no teníamos a quién amar. Las únicas mujeres nos eran ajenas, vivían en los barracones más grandes, y estaban con los encargados.

Ellos sí eran duros, más que Manu Sibango.

Al comienzo, cuando yo llegué, había dos. En aquel momento ya eran cinco. El amo temía nuestro enfado, una rebelión que no llegó jamás.

Manu Sibango lloró la última vez que nos anunció que el cacao volvía a bajar y tampoco cobraríamos nuestros sueldos.

—¡Sois mis hijos! ¡Os daría mi sangre! ¡Pero no puedo daros un dinero que no tengo! ¡Lo que me pagan por el cacao es lo que gasto en vuestra comida y en mantener activos mis campos! ¡Hemos de seguir trabajando!

Fue extraño: me di cuenta de que me apreciaba.

A mí, al que había tenido que castigar dos veces, una con el látigo y otra con el enterramiento. A veces me hablaba, me decía que era uno de sus mejores trabajadores, que un día sería encargado y tendría privilegios. Pero, a pesar de todo, jamás me pasó una mano por la cabeza. Jamás me sonrió. Jamás me demostró otra cosa que no fuera esa leve esperanza.

Tal vez apreciaba mi naturaleza, mi instinto.

Nunca lo supe.

Yo me sentía solo. Muy solo. Hablaba poco con Ieobá Bayabei. Y aún menos con Sibrai Buekeke. Cada cual luchaba por subsistir, y eso implicaba el egoísmo de dar la espalda a los demás en determinadas circunstancias. La comida era escasa, el descanso corto, las condiciones infrahumanas. Vi sufrir a uno de Togo las consecuencias del gusano de Guinea. Fue terrible. Las últimas semanas quedó paralizado mientras aquel monstruo buscaba su salida mordiéndole por dentro. Hasta hubo apuestas. El sexo, el ano... El gusano escogió el sexo. Un metro sin poder tocarlo, confiando en que lograra salir por completo. Entre diez lo sujetamos para mantenerlo quieto, hasta que se desmayó. El gusano acabó de salir, y entonces lo matamos, todos, con saña, pero sin tocarlo. Y el muchacho de Togo se salvó. Una semana después volvió a estar en los campos, y a beber agua de la charca.

Me había vuelto taciturno. Casi al límite de la derrota.

Fue en aquellos días cuando apareció Naya.

Mujer

Naya era mayor que yo, pero no demasiado. Su piel era negra y lustrosa, su cabello ensortijado y compacto, sus ojos vivos, sus labios enormes y risueños, y sus dientes blancos y muy grandes. Iba siempre descalza y dejaba en la tierra una marca muy bella, con los dedos abiertos igual que una mano extendida. Llevaba un vestido de color azul con puntillas blancas. Siempre el mismo. No tenía otro. Cuando lo lavaba por la noche lo colgaba de los tendederos y yo lo veía ondear como una bandera. Entonces sabía que ella estaba desnuda y eso me producía una dulce tortura, cambios en el cuerpo, ardores sin fiebres. Yo había visto desnudas a mis hermanas pequeñas, sin que nada de todo aquello me sucediese. Pero con Naya fue distinto. Desde el primer día que la vi supe que nada iba a ser lo mismo. Fue una aparición, una imagen venida de los cielos del amor.

Naya servía en la cocina. Una de las mujeres había muerto y otra se había marchado. No supe de dónde venía. No supe apenas nada de ella, porque no hablaba dioula ni francés. Durante días, después de verla la primera vez, quedé tan conmocionado que no supe qué hacer. Después, rondé una y otra vez las cocinas, las casas de Manu Sibango y la de los encargados, que no eran sino chozas y barracones como los nuestros. Todo mi mundo cambió desde ese instante. Quería contemplarla, me levantaba el primero para ver si se asomaba por una ventana o iba a por agua a la charca. Trabajaba con la mente puesta en su imagen, lo cual me costó un pequeño corte, una mañana, que a punto estuvo de ser mucho más grave y hacerme perder un dedo. Y al anochecer, corría para llegar el primero y pedía a mis dioses buenos y protectores la dicha de verla pasar, o más aún: tenerla cerca.

Un día estuve tan, tan próximo, que con haber extendido una mano podría haberla tocado.

Olía de una manera tan especial, como jamás había olido a nadie: a comida y a mujer. Mi primera mujer.

Ese día me miró. Ya me había visto. Ya me había sonreído una vez. Ya me había reconocido. Pero ese día me miró, cara a cara. No sé cómo sería la mía, pero lo cierto es que se echó a reír y me quedé desconcertado. Luego bajó la cabeza avergonzada e hizo ademán de marcharse corriendo.

—Kalil Mtube —le dije tocándome el pecho.
—Naya —respondió ella tocándose el suyo.
—*Anikye*[6].

Frunció el ceño al no entenderme, pero ya no hubo más.

La vi alejarse corriendo y quedé aún más conmocionado. Su voz era dulce. Su pecho era hermoso. Sus manos las imaginé en mi cuerpo.

Aquella noche el vestido de Naya colgaba muy quieto del tendedero. Nada se movía, todo estaba en reposo. La vida estaba detenida en un momento de calma y eso significaba que la tormenta sería copiosa. Salí de mi barracón, cruce el campamento y me acerqué al vestido. Su azul, una vez limpio aunque sólo fuese con agua, era como el del cielo por la tarde. Me paré frente a su geografía y la recorrí de norte a sur y de este a oeste. La parte de arriba, que aprisionaba el pecho de la muchacha. La central superior, que enmarcaba su cintura. La central inferior, que acariciaba su sexo. La inferior, por la que asomaban sus piernas duras y fuertes. Un mundo. Un universo.

Extendí mi mano, lo toqué, me impregné de ese contacto.
Y después hundí mi nariz en él.

Debí pasar, allí, unos minutos que fueron los más dulces de toda mi estancia en el campamento hasta ese instante. Me aparté de pronto al escuchar un ruido, temeroso

---

[6] Gracias.

de que fuese ella y me sorprendiese. Fue una falsa alarma, pero ya me había alejado unos metros y no volví a intentarlo. Regresaba a mi barracón cuando oí una voz.

—Es del encargado Abdji Zedoua.

Primero me asusté, porque iba envuelto en mis pensamientos y lleno de Naya. Después reconocí a uno de mis compañeros de Malí. Lo vi sentado en el suelo, oculto por las sombras. Y supe que me había estado observando.

Así que me sentí traicionado.

Pero más me dolió su comentario.

—Ella no es de nadie —la defendí.

—Eres un tonto —el chico se encogió de hombros—. Casi cada noche gime y grita con él. Yo les oigo desde mi cabaña.

—Mientes.

—No, no miento.

Seguí caminando en dirección a mi barracón, sin volver la vista atrás, sin querer discutir con mi espía. A veces, en los campos, los muchachos hablaban de los gritos y los gemidos. En los barracones sólo se oían respiraciones profundas y ronquidos. Todos afirmaban que los gritos y gemidos eran de las mujeres.

Esa noche lloré.

Pero Naya continuó siendo mi nueva vida y mi obsesión.

Contacto

Después de aquel intercambio de nombres, Naya también me miraba cada vez que me veía.

No hacía mucho, salvo reír, taparse la boca, bajar los ojos, volver a mirar y volver a reír. Eso era todo. Pero para mí era como si hablásemos durante horas a la puesta de sol, cuando regresaba agotado tras el día de trabajo en el campo. Aprendí que los ojos dicen más que las palabras, y que los cuerpos son el lenguaje armónico de los sentidos. Ahora entiendo que mi cara debía parecer la de un lagarto tendido al sol, boquiabierto siempre en su presencia. Sin embargo, me gustaba verla reír. Para mí resultaba una bendición. Era la única persona que se reía allí. Y eso valía por todo.

Un día, la sorprendí mirando en mi dirección antes de que yo me diera cuenta de su presencia. Otro día, la observé acercándose a mi barracón para atisbar en su interior. Un tercero, por la mañana, nos encontramos de bruces inesperadamente, y con su voz cantarina me saludó.

—Kalil Mtube —y agregó—: *Ani sokoma*[7].

En dioula.

—¿*I kakené wa?*[8] —le respondí yo.

No me entendió, abrió los ojos como platos y se alejó haciendo lo que hacía siempre: reír.

Por las noches, pese a mi cansancio, pensaba en ella, estuviese o no su vestido azul de puntillas blancas tendido en el tendedero. Mis deseos de verla más, y estar con ella, se vieron acrecentados en los días que siguieron al último de nuestros encuentros. Naya se acercó cuando yo estaba en la charca, desnudo de cintura para arriba. Sus dedos rozaron las marcas de los latigazos de Manu Sibango. Me volví

---

[7] Buenos días —para antes de las 12 del mediodía—. Después de esa hora se dice *Ani wula*.
[8] ¿Qué tal?

de pronto y se quedó quieta, con la mano extendida y el rostro ensombrecido. Me dijo algo que no entendí y, entonces, sonreí.

Me había tocado.

Una noche no podía dormir y me levanté. Crucé el campamento hasta su cabaña, y moviéndome con sigilo me asomé al hueco abierto en la paja que hacía las veces de ventana. Conté cinco mujeres, todas mayores, menos ella. Estaba en su cama. La reconocí por el tamaño y porque era la más hermosa. Pero también porque, afortunado de mí, era la que estaba más próxima al lugar que yo ocupaba. Por si entraba alguna serpiente, las otras preferían no estar cerca de la puerta o la ventana. Se me antojó la visión más celestial que mis ojos hubieran percibido. Su pecho subía y bajaba al compás de su respiración. Su rostro, vuelto hacia el exterior, destilaba paz y sosiego. Tenía los labios entreabiertos, la mano derecha apoyada con dulzura sobre su cadera y la izquierda caída indolente con la palma medio abierta hacia mí. Parecía pedirme algo. Extendí mi mano y rocé sus dedos. Ella se estremeció, rebufó y la apartó sin dejar de dormir.

Debí de estar allí una hora o más, inmóvil, hasta que cambió de posición.

No fue la última vez que hice esto.

Volví muchas noches, muchísimas. Naya no siempre estaba en su cama, así que supe que lo dicho por mi compañero de Malí era cierto. Cuando esto pasaba, regresaba triste y muy dolorido a mi jergón. Cuando ella dormía en su cama me alegraba y quería cantar. Iba con el corazón latiéndome en el pecho en busca de su imagen y su paz. Aquellas horas acabaron convirtiéndose en lo mejor de mi vacía existencia.

Yo odiaba al encargado Abdji Zedoua.

La tercera noche consecutiva que no vi a Naya en su cama, hice algo más que regresar a la mía triste. Me arriesgué un poco y fui al barracón de los hombres. Ellos tenían habitaciones individuales, separadas entre sí por mamparas de madera y caña. No me costó dar con la de Abdji Zedoua. El barracón de mi compañero de Malí, en efecto, quedaba enfrente.

Allí descubrí el sexo, por qué las mujeres gemían y gritaban.

Allí acabé de ser hombre, porque mi amor por Naya se convirtió en delirio, mientras que mi odio hacia el encargado me endureció hasta hacer que mi corazón fuese una piedra.

Vi a Abdji Zedoua desnudo encima de ella, y a ella desnuda debajo de él. Y no era cierto que gimiese y gritase. Quién lo hacía era el hombre. Naya estaba muy quieta, su rostro era inexpresivo, y tenía la cabeza vuelta hacia la ventana.

Hacia mí.

Nuestros ojos se encontraron aquella noche. Tan quietos como lo estaba ella, en el silencio de nuestras almas por encima de la agitación de Abdji Zedoua.

Yo eché a correr.

Pero mi mente dejó de hacerlo.

Regalo

Los días que siguieron a esa escena fueron confusos.

Sentía en mi cuerpo fuerzas poderosas que alteraban y daban una y mil formas a mi rabia, mi furia, mi desesperación. Los sentimientos que se desataban en mí eran como monstruos de dos cabezas. Tenía el machete en la mano, y me venían deseos incontrolados de usarlo contra Abdji Zedoua cuando pasaba cerca de donde yo trabajaba. Deseaba usarlo contra el mundo entero. Llegué a pelearme con un compañero, cosa que nunca había hecho antes, aunque Manu Sibango no nos castigó. Casi fue una distracción que rompió la monotonía de aquellos días en los que la ausencia de lluvias nos estaba dejando secos.

Yo no conocía aún el amor, pero sé que ésa fue la señal, el zarpazo que nos despierta en la vida. Y el amor desconcierta. La primera vez es tan nuevo y tan furioso que te pone el cerebro del revés, la piel igual que la de una serpiente, el corazón en el estómago. No es fácil de aceptar.

Y Naya no sólo era dos o tres años mayor que yo, sino que no hablábamos la misma lengua, y era de otro.

Todos éramos de alguien allí.

Volvieron a mí los deseos de escapar.

La confusión de aquellos días acabó de una manera impensable; algo que no entendí hasta mucho después, cuando la naturaleza siguió su curso.

Algunos sabían que yo miraba a Naya. Algunos se burlaban de mi cara de asno cuando la veía. Algunos murmuraban y hacían bromas. No era un tema desconocido. Así que fueron esos mismos los que me contaron aquella noche lo insólito del hecho.

—Abdji Zedoua ha dado una paliza a Naya.

—Sí, y después la ha arrastrado, tirándola del pelo, hasta dejarla donde se echa la basura.

—Nadie sabe el motivo.

—Pero ha sido así.

—Ahora ya no gemirán ni gritarán juntos.

Por lo de la paliza, tuve de nuevo deseos de agarrar el machete, enfrentarme al encargado, y matarle. Aunque, de haberlo conseguido, o no, yo habría muerto más tarde enterrado durante tres días o por los azotes del látigo. Pero a pesar de mi impotencia, lo más importante era que ya no gemirían ni gritarían juntos. Bueno, él, porque yo sabía que ella no lo hacía.

¿Por qué la golpeó y la arrojó a la basura?

Nadie lo sabía. Abdji Zedoua no era muy locuaz. Y Naya no hablaba. ¿Una pelea? No tenía sentido. Pero la paliza había sido real. Las marcas en la cara de Naya tardaron en desaparecer.

La vi tres días después de todo aquello, y por primera vez rehuyó mi mirada ocultándome su rostro. Creí que era por mí, porque de pronto nos odiaba a todos, pero era por su ojo hinchado y su labio roto. Tres días más tarde volvió a sonreírme con los dos ojos, aunque seguía magullada y lejos de su belleza natural.

Sibrai Buekeke me habló de una vieja receta para el amor que le había explicado en cierta ocasión el morabito[9] de su pueblo.

—Tienes que poner en agua no salada huesos de rana, espinas de pescado de río, jengibre molido, restos de uñas y cola verde. Lo cueces durante tres horas, lo escurres y lo dejas reposar. Luego, añades madroños rojos, pimienta blanca, y a lo largo de una semana dejas que macere. Por último, lo mezclas con un vaso de agua de melisa, lo agitas y

---

[9] Personaje que se encarga de custodiar el alma en África. Desempeña un papel social y religioso muy importante. Los hay animistas —culto al alma—, religiosos —casi siempre musulmanes— y «de cuerda» —charlatanes que actúan por dinero—. Son brujos, médiums, hechiceros, adivinos...

lo bebes en una taza antes de comer. Si además añades pelos de elefante o cuerno de rinoceronte, mejor.

—No tengo nada de todo eso —lamenté—, y dudo que alguien pueda conseguirlo ni siquiera estando libre. ¡Menuda poción la tuya!

—Pero la seducirías —se encogió de hombros.

Aquella noche volví a la cabaña de Naya.

Aquella noche volví a quedar extasiado mientras la contemplaba.

Y las siguientes.

A veces, dejaba mi mano tan cerca de su piel que era como si la acariciase. Sus pies, sus manos, sus muslos, el pecho, el rostro... A veces, mi dedo flotaba frente a su nariz y su boca, y su aliento me golpeaba una y otra vez, envolviéndome con su caricia. A veces, susurraba su nombre en la penumbra y ella se agitaba en sueños, con dulzura, suspirando con su inocencia.

Encontré una hermosa piedra negra[10] y la dejé junto a su rostro.

Al día siguiente Naya vino a mí, me puso una mano en el brazo y sonriéndome dijo:

—*Anikye*.

Sabía que era mi regalo.

Retorno

Creía que jamás volvería a ver a Zippo, también llama-

---

[10] En el África negra muchos creen en las virtudes de la «piedra negra» contra las picaduras de serpientes.

do Duadi Dialabou, también conocido como Uele Dourou. Pero aquel día que me dejó en el campamento de Manu Sibango, como dije en su momento, fue el penúltimo.

El último, aquella mañana.

Lo reconocí de inmediato. El todoterreno. Y después a él. Salía de negociar con Manu Sibango. Tres chicos jóvenes esperaban junto a la charca, asustados, como yo mismo lo había estado a mi llegada. No era normal que estuviese durante el día en el campamento, sino en el campo trabajando, pero el encargado me mandó con un aviso para Manu; así que allí estaba.

No sé lo que me ocurrió.

Perdí la cabeza, enloquecí...

Zippo seguía siendo, a mis ojos, el causante de mis desgracias.

Quería dejar de culpar a mi padre.

Recuerdo vagamente mi ceguera, la nube roja extendida delante de mis ojos, el poder eléctrico de aquella masa blanca albergada en mi cerebro, la mano asiendo el machete, la carrera desesperada, el salto, la caída...

Recuerdo vagamente todo eso.

Pero tengo grabada en mi mente la cara de miedo de Zippo cuando sintió la hoja de mi machete en su garganta y me miró asustado.

—¿Qué sabes de mi padre y mis hermanos?

Trató de reconocerme. Estábamos muy cerca, él tumbado en el suelo y yo encima, así que bizqueó para verme mejor. Yo había cambiado mucho.

—¿Quién... diablos eres? —farfulló.

—Kalil Mtube. Responde.

—¿Kalil...?

A nuestro alrededor se había formado un remolino de

gente. Nadie hacía nada. La hoja de mi machete estaba demasiado hundida en la carne de Zippo. Demasiado. La siguiente presión le haría un corte.

—¡Kalil Mtube, no! —me gritó Manu Sibango.

No le hice caso.

—¿Qué sabes de mi padre y mis hermanos?

—Ni siquiera sé...

—Mubalébala, al sur de Bankass. Ya hace más de dos años.

—No sé nada... ¡Maldita sea, no sé nada! ¿Queréis quitármelo de encima?

Se debatió inútilmente. Yo no comía lo suficiente, y trabaja de sol a sol, pero era fuerte. Estaba endurecido.

—Responde y te dejaré.

—¿Kalil Mtube? —repitió—. ¿Mubalébala?

—Nos trajiste a mí y a Ieobá Bayabei. Vendiste una niña. Abandonaste a dos niños.

—Si le matas, será peor —dijo Manu Sibango—. Morirás tú.

No le escuché. De no ser por Naya, hubiera creído que ya estaba muerto.

—Mi padre se llama Abu Sintra.

Los ojos de Zippo se empequeñecieron.

Supe que recordaba.

—No sé...

Apreté el machete al límite.

—Murió —lo dijo envuelto en un suspiro mientras cerraba los ojos—. Hace unos meses.

No sentí nada.

—¿Cómo?

—No lo sé.

—¿Y mis hermanos y hermanas?

—No sé...

Por segunda y última vez apreté el machete. La sangre brotó del pequeño corte. Una gota resbaló haciéndole cosquillas en el cuello.

—¡No lo sé! —gritó—. ¡No me vendió a ninguno más! ¡Lo juro!

Supe que decía la verdad.

Pero dejé que el miedo navegara un poco más por su cerebro, y llegara a cada músculo, y le agarrotara, y le hiciera comprender tantas y tantas cosas. Seguí presionando con mi machete y mirándolo con mis ojos. Unos segundos. Unos largos segundos. Una eternidad para quien cree que va a morir.

Nadie hablaba ya a nuestro alrededor.

Entonces me levanté, despacio, escupí al suelo, al pie de sus botas y, dando media vuelta, me alejé de él.

Nadie me detuvo.

Manu Sibango no me castigó por ello. Aquello era cosa nuestra. De Zippo y mía.

Calor

Cuando había luna llena, el cuerpo oscuro de Naya brillaba aún más. Una brasa negra encendida. Las restantes mujeres yacían como monstruos deformes, roncando y poblando el aire de la habitación con aquellos suspiros que se parecían más a los sonidos de la selva que a los de una habitación abigarrada de seres humanos; pero ella, en cambio, hacía que su aliento flotara igual que un cielo sin nubes. Contemplarla, entonces, era aún más hermoso.

Me recordaba a la forma de dormir de mi madre, la paz

que emanaba su cuerpo cuando me abrazaba a él, aunque con la llegada de mis nuevos hermanos y hermanas pronto fuese un cuerpo compartido por muchos. Kebila Yasee conformaba el cuenco del amor quieto. Naya era el cáliz del amor inquieto.

Fue una noche de luna llena.

La contemplaba, como otras veces, feliz porque había pasado ya mucho tiempo, más de un mes, desde que Abdji Zedoua le había dado la paliza; y una vez más jugué a soñar, y a suspirar, y a creer.

Recorría su hermosa silueta, pero en esta ocasión mi mano no se detuvo a escasos milímetros de su nariz y de sus labios. Mi mano llegó hasta esos labios. Los rozó. Fue una caricia. Mi caricia. Fue un beso. Mi beso. La aparté inmediatamente, pero no antes de que Naya abriera los ojos, de pronto.

Yo estaba casi dentro, sobre la ventana abierta en la pared de madera y hojas secas. No pude retirarme a tiempo. No pude hacer nada salvo enfrentarme a aquellos ojos, avergonzado y pidiendo a todos mis dioses que en ese instante cayera un rayo y me desintegrara. Fue un largo momento de ingravidez.

Hasta que en los labios de Naya se cinceló una sonrisa de paz.

Nos quedamos mirando así, segundo tras segundo. La sonrisa se hizo más dulce. Luego extendió su propia mano y cogió la mía. Tiró de ella. Hacia adentro.

Y yo entré.

Me hizo un hueco en su jergón, echándose para atrás.

Y yo me tendí a su lado.

Nunca la había tenido tan cerca. Nunca la había mirado estando tan próximos. Nunca mi cuerpo había rozado el suyo como nos estábamos rozando en ese momento. No sabía qué hacer. La sangre se agolpaba en mis sienes. Mi corazón era un batir de patas de elefante a la carrera.

Naya volvió a tomarme de la mano. Se la llevó a su vientre, la puso en él y dijo una sola palabra:

—*Baid*.

Cerró los ojos, suspiró, y volvió a quedarse dormida.

Yo no pude hacerlo en toda aquella corta e intensa noche.

Niño

Regresé a mi barracón antes de que amaneciera para no ser sorprendido por las mujeres. Después de todo, eran un misterio para mí, y más sus posibles reacciones. Me sentía en el cielo, flotaba feliz, aunque fue la primera de muchas noches consecutivas en blanco, y el trabajo era demasiado agotador para resistir sin descanso.

Aquel día, en el campo, les pregunté a los demás.

—¿Sabéis qué significa *baid*?

Nadie lo supo. Nadie pudo decírmelo. Era una palabra extraña para todos.

Y no quería revelar su origen.

Por la noche, volví a preguntar a otros.

La respuesta fue la misma.

Volví a la cama de Naya dos veces más antes de saber la verdad. En ambas, no hice otra cosa que yacer a su lado. Sólo eso. La primera fue como la anterior. Un roce, el despertar, una sonrisa y la invitación. En la segunda, ella me esperaba despierta.

Toqué su vientre, dije:

—*Baid*.

Y ella asintió y sonrió.

Baid.

Pero seguía sin saber de qué hablaba.

Por la mañana, cuando me fui a mi barracón, hizo que sus labios rozaran los míos.

Me moví por los campos. Tenía ya el primer sueño almacenado en mis párpados, así que me vino bien no estarme quieto. Comía en cinco minutos y aprovechaba el resto del tiempo para descansar un poco. Ieobá Bayabei y Sibrai Buekeke se me acercaron creyendo que me encontraba mal. No les dije nada de Naya. Seguí moviéndome por los campos, preguntando a todos si conocían aquella palabra.

Por fin, un muchacho del sur de Níger me dijo que era fulfulde, una de las lenguas de su país.

—Significa «niño».

—¿Niño? —quedé perplejo.

—Sí, niño —insistió él.

—Si una mujer se toca el vientre y dice *baid*...

—Quiere decir que está embarazada, que espera un niño.

De la perplejidad pasé al desconcierto, aunque entonces miles de lucecitas centellearon en mi mente dándome, poco a poco, distintas respuestas a todo aquello. Mi inocencia luchó durante unos minutos más con la realidad, y ésta acabó imponiéndose.

Debió de ser mi última gran lección de la adolescencia.

Mi paso definitivo al mundo adulto, pese a no tener todavía quince años.

La paliza de Abdji Zedoua, su repudio al saber que Naya estaba embarazada, los gritos y los gemidos de las noches... Mi madre había tenido el vientre hinchado tantas veces antes de dar a luz a un nuevo hijo, que los últimos cabos sueltos acabaron trenzándose por sí solos.

Baid.

Pregunté dónde estaba Níger, y me dijeron que al norte, al este de Malí.

Naya me admitía en su cama, pero aguardaba el hijo de otro. Tal vez descubriese que también me quería, pero debía esperar. La vida seguía poniéndonos trampas. Naya era tabú. Prohibida. Así que...

No lo tomé como una burla del destino. Creo que la quise más desde ese instante. Tenía una vida en su interior. Y poco importaba el pasado. Era tan esclava como yo. Si en algún momento tuve esperanzas, fue en éste. Esperanzas y deseos de luchar.

Esperanzas durante aquellos meses en el campo.

Los últimos.

Esperas

El gusano de Guinea entró, anidó y creció en Ieobá Bayabei antes de que el vientre de Naya se hubiera desarrollado.

Todos supimos que era él cuando le vimos rascarse un día, y otro, y otro más. Todos lo comprendimos cuando una noche emitió el primer grito al sentir la mordedura por dentro. Todos rompimos el silencio cuando una mañana en el campo cayó al suelo retorciéndose de dolor.

—Debes ser fuerte —le dije—. Ya sabes qué es eso.

—No soy fuerte —lloró Ieobá Bayabei.

—Estaremos contigo. Te sujetaremos. Dejaremos que el gusano salga y te deje limpio.

—Kalil Mtube, tengo miedo —reconoció.

La primera consecuencia de la enfermedad de Ieobá Bayabei fue el enfado de Manu Sibango. Sin trabajo, no había paga. Tampoco la había trabajando, pero mi compañero de viaje aún confiaba en los milagros. La segunda consecuencia fue que Sibrai Buekeke se apartó de él como si el gusano de Guinea pudiera cambiar de cuerpo en pleno crecimiento. Nunca llegué a saber si Ieobá Bayabei le quería. Pero la soledad le llegó en un mal momento, y tuve que ayudarle. Sibrai Buekeke comenzó a sonreír a uno de los nuevos.

A medida que transcurría el tiempo, desde entonces, el vientre de Naya aumentaba de volumen y los dolores de Ieobá Bayabei aumentaban de intensidad. Lo primero me parecía un prodigio. Lo segundo, una maldición. Entre las noches que pasaba con Naya, durmiendo a su lado, y las noches que pasaba con mi amigo, sosteniendo su mano mientras el gusano crecía, le mordía y se movía, mi cuerpo enflaqueció, mis ojos acabaron cerrándose en cualquier parte, incluso de pie, y el machete estuvo a punto de cortarme un dedo, en una ocasión, y la mano, en otra.

Nadie hacía caso de Naya, pero todos hablaban de Ieobá Bayabei.

Apostaban, como la otra vez, y hasta se burlaban impelidos por su propia angustia, proponiendo caminos imposibles para la libertad del fatídico gusano.

—Saldrá por las piernas.
—Saldrá por el ano.
—Saldrá por el ojo.
—Saldrá por la oreja.
—Saldrá por la boca.

Pero era su propio miedo el que les hacía actuar así.

La inmovilidad suele llegar en el último momento, pero mi amigo no pudo moverse durante muchos días y muchas noches antes del final.

Cómplices

Descubrí que algunas mujeres sabían lo de mis visitas a Naya.

Agotado, ya no pasaba las horas en blanco, viéndola dormir, cerca, aspirando su aroma o rozando suavemente sus labios con los míos. Aunque luchaba contra el sueño, me rendía a él. Y con el primer despunte del alba me volvía a mi barracón para dormir un poco más antes de ir al trabajo. Eso si Ieobá Bayabei no se agitaba. Algunas mujeres, al despertar de noche para orinar o ir a beber, me vieron con ella. Pero no pasó nada. Fueron mis cómplices. Tampoco creo que fueran mis amigas o las suyas. Vivían y dejaban vivir. Cada cual tenía bastante con ocuparse de sus problemas.

Y además, Naya y yo no gemíamos ni gritábamos.

Dejábamos pasar el tiempo.

Ella no siempre dormía. Al comienzo de cada noche, en los primeros minutos, cuando sentíamos la excitación de la compañía, me sonreía y hablaba, y me pedía, haciéndome gestos, que le hablase yo. Nunca entendí lo que me decía, y yo trataba de enseñarle algunas palabras en dioula o las que ya sabía de francés, pero acabábamos rindiéndonos. Era muy amargo no poder conversar. Habría dado mi mano izquierda por hacerlo. Teníamos tanto que compartir, y nos veíamos tan limitados por nuestras diferentes lenguas. Pero me gustaba mucho escucharla. Su voz era dulce, arrastraba las palabras en las vocales, y soltaba pequeñas bocanadas de aire que me golpeaban el rostro y me envolvían con las consonantes fuertes, como la *k,* la *p* o la *t.* Era armónica. Cantaba al hablar.

Y mientras, su vientre se hinchaba.

Un poco más cada vez.

La primera noche que tomó mi mano y la puso en él para que notara el movimiento de su hijo, yo la retiré asustado. Pero Naya lo repitió, me dijo alguna cosa con los ojos llenos de ternura, insistió, y dejé que mi mano percibiera toda aquella vida que estaba en camino, ya sin miedo. Desde entonces, cada noche buscaba su vientre. Además, era una excusa para tocarla y sentirla.

Naya acabó poniéndose muy gorda. Tanto que ya no cabíamos en su jergón. Y cuanto más gorda estaba, más guapa la encontraba.

Muerte

Entonces, en muy poco tiempo, apenas unas semanas antes de mi segunda escapada, llegaron las tres muertes que me hicieron despertar, reaccionar.

Bueno, dos. La primera lo único que me produjo fue satisfacción.

Yo iba a cumplir quince años.

Manu Sibango volvió a reunirnos para llorar, golpeándose el pecho, mientras nos recordaba que éramos sus hijos y nos quería. Y lo hizo, una vez más, para señalar hacia el norte y decir que los hombres blancos pagaban cada vez peor el cacao; así que, muy a su pesar, seguiríamos sin tener nuestro sueldo. No podía. No tenía dinero. Algunos sabíamos que era mentira, que los mayores o los encargados sí habían cobrado. Ciento cincuenta dólares por año de trabajo si no existían descuentos que menguaran esa cantidad. Pero el resto...

Y nadie se quejaba, por miedo al castigo. Ni se fugaba, por miedo a ser enterrado hasta el cuello. Nadie mostraba resistencia, porque Manu Sibango podía ser algo más que un padre: un dios. Allí lo era.

Frustrados, heridos, engañados, rotos, volvimos al trabajo.

Y tres días después, murió él.

Abdji Zedoua.

Serpiente

Fuimos a la selva para abrir un camino que enlazara dos campos de la plantación. No era una plantación muy grande, Manu Sibango siempre lo mencionaba. Decía que era pobre, que apenas si podía vivir del cacao. Por su forma de vestir casi cabía asegurar que eso era cierto. Pero todos teníamos nuestras dudas. Abundantes o escasas, las lluvias hacían crecer todo muy rápido, y era frecuente perder tiempo desbrozando senderos o buscando la forma de hacer los trayectos más cómodos.

Abdji Zedoua nos escogió a otro muchacho y a mí.

Comenzamos el trabajo recogiendo piñas y asestando golpes de machete para abrirlas. Mi compañero y yo cortábamos, mientras que el encargado se ocupaba de amontonar las piñas vacías y las ramas a un lado. Siempre que tenía cerca a Abdji Zedoua mis sentimientos pugnaban por brotar y yo debía ahogarlos o, cuanto menos, mantenerlos en lo más profundo de mi ser. Aquel hombre despreciable había poseído a Naya, había gemido y gritado con ella, le había dejado la semilla de su vida en su vientre, y después la había apartado de sí dándole una paliza. La vida de Naya, en cierta forma, aunque yo no lo sabía entonces, estaba marcada.

Abdji Zedoua no era una buena persona. Era el diablo.

Yo le odiaba, pero no estaba en mi mano hacer nada. Por lo menos tenía a Naya. O eso creía yo. Ahora comprendo que nadie tiene a nadie, que sólo tomamos prestados unos días ajenos para hacerlos nuestros, y ser felices con ellos. Cuantos más días, más felicidad. En el África negra, las expectativas de vida no llegan a los cincuenta años; se es viejo a partir de los treinta, y muy viejo después de los cuarenta. Así que cada día nuestro «quizá» valga por dos de un hombre blanco occidental.

Por suerte, yo no sabía todo eso entonces.

El grito del encargado nos sobresaltó a mi compañero y a mí. Yo era el que estaba más cerca, así que al darme la vuelta pude ver dos cosas: cómo Abdji Zedoua caía al suelo de rodillas, llevándose la mano al brazo derecho mientras gritaba de dolor, y cómo la serpiente se escurría por entre las matas, buscando un lugar más seguro en el que seguir con vida.

Lo sucedido era evidente. El encargado había puesto el brazo cerca de la serpiente al recoger lo que habíamos cortado. Una amenaza. Y el reptil había reaccionado.

—¡Ayudadme, vamos! ¿A qué esperáis? —nos gritó.

Conocíamos ya lo suficiente acerca de las serpientes como para saber qué clase de animal era el que le acababa de morder. Su veneno actuaba con rapidez, aunque no tanto como para que su efecto fuese inmediato y fulminante. Abdji Zedoua tenía una oportunidad.

Dependía de lo rápido que lo llevásemos al campamento, o de lo veloz que uno de nosotros dos fuese a buscar ayuda.

Porque él no podía moverse. Si lo hacía, el veneno correría más rápido por su cuerpo hasta matarlo.

—¡Ve tú, corres más que yo! —ordené a mi compañero de trabajo—. ¡Yo me quedaré con él y le haré un torniquete!

No sabía si era cierto. Nunca habíamos echado una carrera. Pero en aquel momento supe que los dioses me daban una oportunidad de vengarme de Abdji Zedoua y de vengar a Naya. Mi reacción fue fulminante.

Y nadie la discutió. Ni el encargado ni el otro.

Su estela se perdió entre las matas y entonces miré a Abdji Zedoua sin pestañear.

—¿Qué haces? —me apremió—. ¡Vamos, estúpido! ¡Quítate la camisa y hazme ese torniquete!

No me moví.

—¿Te has vuelto sordo o eres idiota?

Me senté cerca de él. No tan lejos como para no poder controlarle si se ponía a gritar, ni tan cerca de su cuerpo como para que pudiera atraparme y matarme mientras moría.

—¡Kalil Mtube...! ¿Qué pasa?

Observé sus gestos, sus ojos, su temblor, la sangre que fluía por los dos agujeros, allí donde la serpiente había hundido su boca. E imaginé el veneno corriendo por las venas y las arterias de aquel hombre. Llevando la muerte de un extremo a otro de su cuerpo. El gusano de Guinea en versión fluido, y sin salir por ninguna parte.

Abdji Zedoua se estremeció.

Y comprendió.

Frunció el ceño, mirándome y buscando una respuesta.

—¿Por... qué? —quiso saber.

Yo seguí callado. Calculaba mentalmente la carrera de mi compañero en la búsqueda de ayuda. La distancia, la velocidad, lo que tardaría en dar la alarma, la posibilidad de que fuera Manu Sibango el que viniera a por nosotros, en cuyo caso lo haría en su motocicleta...

—Nunca... te... he...

Todo ser humano merece una explicación cuando va a morir.

Y yo quería dársela. Quería que sus últimos pensamientos fueran para entender la verdad.

—Naya.

—¿Qué?

—Naya —repetí.

El veneno debía de ser muy rápido. Parpadeó una vez. Sus ojos empezaron a nublarse. Reaccionó tratando de quitarse su camisa para hacerse él mismo el torniquete, pero ya era tarde. Saber que iba a morir le aceleró el pulso, y su corazón bombeó más y más sangre envenenada. Perdió las energías finales, y su fuerza se diluyó como un puñado de arena arrojado al agua.

Cayó hacia atrás. Gimió.

Aun así, tardó en morir. Se aferró a su existencia con la desesperación de la rabia. Empecé a oír el petardeo de la motocicleta de Manu Sibango cuando él todavía jadeaba envuelto en su estertor. Me levanté, me quité la camisa y le hice entonces el torniquete. Ya era tarde, pero Manu Sibango debía encontrarse con la evidencia de lo natural: mi esfuerzo por salvarle la vida a su encargado.

Abdji Zedoua emitió el último suspiro en brazos del amo.

Segundo

Ieobá Bayabei fue el segundo en morir.

Falleció una semana después de que lo hiciera Abdji Zedoua, y a consecuencia de su enemigo interior, el gusano de Guinea, que escogió de nuevo un sitio habitual para abandonar el cuerpo en el que anida: el sexo.

Aquellos días, inmóvil, atormentado, sintiendo cómo el gusano le mordía y le quemaba por dentro mientras buscaba aquella salida, Ieobá Bayabei se aferró a mi mano y me pidió que no le olvidara. Creo que sabía que iba a morir. Yo le dije:

—No seas tonto. Saldrá y te olvidarás de él.

Y mi amigo me respondió:

—Sigues viviendo siempre que alguien te lleva en la mente y el corazón. Mueres cuando ya nadie se acuerda de ti. Por favor, Kalil Mtube, llévame contigo.

Había sido mi único amigo, aunque acabásemos separándonos en el campamento de Manu Sibango. Ieobá Bayabei sólo quiso subsistir.

—Tengo miedo —lloró.

Aquella última noche todos estuvimos expectantes. Sabíamos que estaba cerca. Podíamos ver cómo se movía el gusano. Estaba allí. Era grande. Pero no poder hacer nada nos creaba la misma impotencia que yo recordaba de la vez anterior. Era el gusano el que mandaba. Era él el que decidía cuándo y cómo salir. Nosotros éramos testigos de su crueldad. Sujetar a Ieobá Bayabei y nada más.

Un sólo pedacito, por minúsculo que fuera, si se quedaba en el interior del cuerpo representaba otros seis meses de dolor.

Volvieron las apuestas nerviosas.

—Las piernas.
—Un ojo.
—El oído.
—El ano.
—La boca.

Ieobá Bayabei estaba muerto cuando el gusano todavía andaba por la mitad de su camino de salida.

Matamos al gusano, lo aplastamos, lo cubrimos de odio. Pero ya era inútil.

Parto

La noche en que Naya alumbró a su hijo, yo dormía con ella.

Se incorporó sobresaltada, y abrí los ojos al notar su gesto. Apenas si cabíamos en el jergón, así que era imposible no despertarse. Por su rostro, supe que algo grave sucedía. Se llevó las manos al vientre y pronunció algunas palabras que, una vez más, no entendí.

Yo vi la mancha en la paja, el líquido que bañaba sus muslos, la expectación de su rostro. Pero lo que jamás olvidaré fue la última mirada que me dirigió. Una mirada de amor, una promesa, una esperanza que se truncó casi de inmediato. Su grito alertó a las restantes mujeres, que se levantaron como una sola dispuestas a ayudarla. Yo fui expulsado del barracón con cajas destempladas. Ni siquiera ofrecí resistencia. Cada vez que mi madre había dado a luz, los hombres éramos expulsados de la estancia y las mujeres se ocupaban de todo.

Sabía que Naya iba a tener un bebé, pero hasta ese momento no comprendí la trascendencia del hecho. ¿Qué haría con él? ¿Seguiría en la plantación, ocupándose de su trabajo y cuidando de su hijo? ¿Podríamos estar juntos ahora que, por fin, nada la separaba de mí?

Recuerdo que miré el barracón, asustado. Recuerdo que cada grito de Naya se hundió en mi conciencia y me desgarró igual que a ella. Recuerdo que todo el campamento se puso en pie, pero que la mayoría regresó a su jergón para seguir durmiendo, indiferentes. El sueño era sagrado. Que una vida nueva llegase al mundo no significaba que los que estaban allí fuesen a perder la suya. Y dormir era lo más importante, junto a la comida.

Me quedé solo, esperando.

Ninguna mujer me explicó qué sucedía cuando entraba o salía del barracón. Ninguna me prestó atención. Era igual que una piedra en mitad de ninguna parte.

—¡Sal de aquí!
—¿Qué haces?
—¡Vamos, aparta!

Los gritos de Naya fueron cada vez más fuertes, más constantes, más angustiosos. No supe medir el tiempo, pero me pareció que pasaron horas. Los gritos me enloquecieron al final. Los tengo metidos en la mente, clavados en el alma. Eran los gritos de su vida, que se escapaba a medida que se la daba a su hijo. Era como si la mutilaran, como si la estuviesen rompiendo. El último fue el peor de todos.

Y tras él... la calma.

Todo cesó.

Uno, dos, tres, cuatro, cinco segundos...

El llanto de un niño.

Uno, dos, tres, cuatro, cinco segundos...

El llanto de una mujer, y de otra, y de otra más.

Uno, dos, tres, cuatro, cinco segundos...

El llanto de todas las mujeres, formando un coro insólito en torno a la potente garganta del recién nacido, que las dominaba con su paroxismo.

Cuando pude volver a entrar, ya sabía la verdad. Cuando pude verla de nuevo, cubierta por una sucia tela ensangrentada, Naya tenía los ojos cerrados y el rostro lleno de paz.

LA LIBERTAD

Odio

Había dejado morir a Abdji Zedoua, pero en el fondo era como si yo mismo lo hubiese matado. Así que ya sabía lo que se sentía.

Tras la muerte de Naya, el dolor de aquellos años volvió a mí de golpe, amontonándose en mi razón, inundándome de odio; y a quien quise matar fue a Manu Sibango.

Él encarnaba todo lo que éramos nosotros, esclavos de un destino ajeno y desconocido. Él representaba la soledad, el miedo, la humillación, y por supuesto ese odio que ahora me llenaba y me cegaba. Él era la auténtica frontera.

Querer matar no es lo mismo que matar. Mi deseo jamás se hizo realidad. Me alimentó, pero no me sació. Fue el espejismo que me hizo reaccionar y despertar. Naya me había atado al campamento durante los meses precedentes, disfrazando mi rebeldía. De pronto, mi vida, por un tiempo, sí había estado allí, en aquella tierra en la que llevaba más de dos años y medio. Pero su muerte me arrancó la máscara, me hizo enfrentarme a mí mismo. El odio actuó como el émbolo de mi libertad.

Tenía que escapar de allí.

Fui inteligente no matando a Manu Sibango. No habría logrado nada. Hoy estaría tan muerto como él y mi voz no sería oída. Pero me enorgullezco de no ser un asesino por otras razones. Ieobá Bayabei me pidió que le recordara. Y le recuerdo. Y Naya vive en mí de una forma todavía dulce y hermosa. Vivimos para nosotros mismos, y también para los demás. Sí. Ahora sé que la muerte de mi amigo y de la mujer a la que quise, me empujaron a vivir.

Por mí y por ellos.

Escondite

Reuní comida arriesgándome a robarla de la cocina del campamento. Era el lugar más preservado, además de la propia casa de Manu Sibango. No me llevé mucha. La necesaria para aguantar tres o cuatro días: arroz y unos ñames que guardé en un pequeño zurrón de fabricación casera y un poco de agua. No estaba de más hacer, también, una pequeña provisión, aunque confiaba en que la selva me proporcionara lo necesario. Claro que mi idea no era tener que pasar unos días allí. Llené una cantimplora y la oculté esa noche debajo de mi jergón, actuando con suma prudencia. Todos los barracones tenían ojos y oídos, cualquier persona podía delatarme.

Los zapatos que antaño me quedaban grandes, ahora encajaban en mi pie perfectamente. Seguían siendo míos. Pero la muerte de Ieobá Bayabei me había proporcionado algo más: su camisa. Así que en ese momento yo era un hombre rico: tenía dos. Los pantalones fueron para Sibrai Buekeke, a pesar de que en los meses de enfermedad se olvidara de él. No me importó. Ya nada me importaba. Confiaba en que la camisa bastase, y que de esa forma una parte de mi compañero fuese libre y viese un mundo mejor.

Tenía que haber un mundo mucho mejor al otro lado de la tierra.

Cuando todos estaban dormidos, salí del barracón con el zurrón, la cantimplora, y los zapatos atados en torno al cuello. No me encaminé a la selva ni al sendero. Me dirigí a una de las dos torres del campo, la que coronaba el viejo depósito inutilizado, ocultando mis huellas, saltando sobre las piedras, eludiendo el polvo o el barro. Trepar hasta arriba fue sencillo. Ocultarme dentro también, aunque había un palmo de agua sucia y un sinfín de animales diminutos a los que compartir aquel espacio conmigo no entusiasmó. Busqué la forma de eliminar el agua, pero acabé resignándome a mi suerte. Si quedaban huellas de mi posición, sería descubierto, y para mí llegaría el fin. Me quedé allí sentado, mojándome.

Toda la noche.

Amaneció, se percataron de mi ausencia, y estalló la revolución. Manu Sibango fue a por su motocicleta gritando que esta vez me mataría y me enterraría tres días seguidos hasta el cuello. Me llamaba desagradecido. El resto comenzó con sus apuestas. Desde una grieta podía verlos. Por las caras de admiración de unos pocos, y las de sorpresa de otros, sabía que todos daban por descontado que era mi fin. Nadie quiso arriesgarse a apostar por mí. Así que lo hicieron por el tiempo que tardaría Manu Sibango en traerme de vuelta. Unas horas, al anochecer, al día siguiente...

Fue un largo día, allí inmóvil, con el agua entumeciendo la parte inferior de mi cuerpo, y sin atreverme a hacer ningún movimiento para no dar la menor pista de mi paradero.

Manu Sibango regresó al anochecer, desconcertado, hecho una furia, gritándole a todo el mundo.

Las apuestas subieron.

Por mí.

Nadie levantó la cabeza. Nadie miró al depósito. Nadie imaginó que fuese tan loco, o tan listo, como para estar tan cerca. Así llegó la segunda noche y con ella un sueño reparador y cada vez más húmedo. Temí que, cuando llegase el momento de la verdad, no pudiese moverme. Además, tenía picaduras provocadas por aquella fauna acuática casi desconocida por su variedad y abundancia.

Ahorraba comida.

Al siguiente día, Manu Sibango volvió a irse con su motocicleta.

Aquel día llovió, y mucho. Una cortina de agua. Para cuando regresó Manu Sibango, su humor no es que fuera de perros, es que no tenía humor. Era una furia.

Con él, llegó el camión. El transporte para el cacao.

Era su día.

No les hacía falta vigilarlo. Cada vez que salía, todos lo contemplábamos en silencio y a ninguno se nos ocurría subirnos a él. De faltar alguien, habría sido el primer lugar al que hubiesen llamado, en ruta, por la radio.

Pero yo me había ido dos días antes.

Por la noche me puse en marcha. Estuve a punto de caerme. Mis pies estaban insensibles. Tuve que darles calor y esperar, arriesgándome a que alguien despertara y me viera subido a la torre. Cuando conseguí llegar al suelo, me dirigí al camión y me oculté bajo los sacos de cacao. Llevaba una caña para poder respirar mejor. Me situé al fondo y me cubrí de manera que sólo unos centímetros de caña sobresalieran por encima de la montaña de sacos. La tercera noche, pues, la pasé inmóvil, enterrado en aquel cacao por el que tantos dábamos la vida y nuestra sangre. Mis músculos, antes entumecidos por la humedad, sufrieron ahora por la sequedad. No podía dormir, ni perder el conocimiento.

Al amanecer, no oí la motocicleta de Manu Sibango saliendo para buscarme, pero sí sus gritos.

El camión se puso en marcha.

Sentimientos

El camión se detuvo a las puertas del campo. El que lo conducía dijo:

—Manu Sibango está perdiendo facultades.

—Ese chico está muerto. Se lo han comido las alimañas. Si el amo no lo ha encontrado es porque ya no existe —le respondió alguien.

—Hasta la próxima.

—Adiós.

Yo respiraba con fatiga, no por la inmovilidad o el olor a cacao o... Era por la tensión y el miedo. La certeza de que estaba a punto de conseguirlo. Había sido más listo que Manu Sibango. Aun así, dejé transcurrir unos minutos más. Y luego unos pocos más. No saqué la cabeza por entre el cacao hasta que estuve seguro que estábamos lejos del campamento. Lo primero que hice fue cercionarme de si el conductor podía verme. Y no era así. Un panel de metal separaba la carga de la cabina. Pero no me acerqué a los lados, porque recordaba los espejitos retrovisores del todoterreno de Zippo, aquellos que eran como unos ojos en la nuca.

Lo único imprevisible era saber la dirección del camión.

Yo quería dirigirme al norte, a Malí. Una vez en mi país, tal vez tuviera más oportunidades.

Se me antojaba que había transcurrido tanto tiempo...

La tensión desapareció de repente. Me quedé frío. Peor aun: sentí frío. Frío en medio de aquel calor tórrido y aquella humedad que emanaba de la tierra y se convertía en vapor que penetraba en los pulmones. El polvo que producían las ruedas y que, a veces, me caía encima, formaba una segunda piel, un sudario. Pero tampoco era esa la razón del frío. Procedía de mi interior.

De mi mente y de mi corazón.

Yo era libre.

Finalmente era libre.

Y atrás quedaban Ieobá Bayabei y Naya.

El sentimiento me destruyó, fue imparable. El frío me condujo a las puertas del desfallecimiento más radical, caí hacia abajo, hacia abajo, hacia abajo y más y más dentro de mí, y entonces, cuando toqué fondo, sentí una enorme pena, unos inauditos deseos de llorar.

Y lloré.

Lloré y dije sus nombres en voz alta y allí por última vez.

—Ieobá Bayabei... Naya...

Lejos

Perdí la noción del tiempo a pesar de que al comienzo me guié por la posición del sol. Al cabo de un rato me dormí vencido por el cansancio de las tres noches pasadas. Me despertó la lluvia que me azotaba el rostro. El cielo estaba cubierto y rodábamos por una carreterita sin asfaltar a velocidad más que considerable. Pasamos un par de pueblos levantando nubes de polvo. Seguía oculto y no me atreví a saltar del camión en marcha, y menos en un pueblo desconocido. Pensaba en mis problemas y no sabía cuál era peor. Estaba perdido, me quedaba poca comida y agua, y no sabía leer ni escribir, con lo cual difícilmente estaba en condiciones de orientarme. Tampoco sabía si en todas partes de Costa de Marfil se hablaba el dioula, aunque casi apostaba a que no. El idioma oficial seguía siendo el francés, como en Malí, aunque en mi pueblo nunca se hablase ese idioma. Mi conocimiento se limitaba a unas pocas palabras.

A pesar de todo, el sabor de la libertad era embriagador. En el campamento, mi vida estaba en manos de Manu Sibango. Allí afuera estaba en mis manos. Sucediera lo que sucediera, me sucedería a mí y por mí mismo.

Era el segundo viaje que llevaba a cabo en mi vida. El primero, con Zippo, vendido y encadenado. Éste, sin destino, a la búsqueda de mi futuro. Y ninguno de los dos los había hecho con el polvo de la invisibilidad, que tan necesario es a la hora de emprender largos viajes. En mi pueblo, cuando alguien partía lejos, se machacaban monos albinos o se trituraba un gato negro. El polvo de la invisibilidad ayudaba a que la persona hiciera un tranquilo tránsito. El polvo de la invisibilidad lo protegía y le garantizaba pasar desapercibido.

Llegamos a una carretera vagamente asfaltada, estrecha, llena de baches, y entonces el camión rodó a una velocidad que a mí se me antojó de vértigo. Los automóviles con los que nos cruzábamos lo hacían a un palmo del nuestro, en medio de sonoros bocinazos, mientras unos y otros se iban hacia los lados para no reducir la velocidad ni chocar. No siempre había espacio, así que a veces las ramas de los árboles eran más peligrosas por su imprevisibilidad. Ríos de personas se movían por los arcenes, y también existía el peligro de llevarse por delante a una docena. Sin embargo, no sucedió nada.

Ya era libre.

Manu Sibango nunca me atraparía.

Me bastaba con saltar y correr por cualquier parte.

Me sentía triste, excitado, amedrentado, nervioso. Me sentía muchas cosas.

Todavía era de día cuando muy a lo lejos, al salir de una pronunciada curva, vi los primeros edificios de una gran ciudad.

Ciudad

Recordé la primera ciudad por la que había pasado en el trayecto de ida, aunque no supe si era la misma. Desde luego no lo era, pero yo no lo sabía. Habíamos viajado hacia el sur y nos encontrábamos en Daloa, que era la tercera ciudad en importancia de Costa de Marfil. Por precaución no debía asomarme a los lados del camión, así que esperé agazapado a que nos halláramos más cerca de las primeras casas. Pronto vi más y más gente, aglomeraciones humanas esperando medios de transporte, mujeres con vistosos trajes de colores típicos llevando sus bultos en la cabeza y sus hijos en los pliegues de sus ropas, bares y tiendecitas periféricas en las que parecía haber de todo. La boca se me hizo agua al oler sabrosos aromas que llevaban a mi pituitaria olores y sabores desconocidos para mí.

El camión se detuvo ante uno de aquellos discos que cambiaban de verde a rojo, según el sentido de la marcha.

No reaccioné a tiempo. Lo miraba todo con cara de pasmo y algunos chicos y chicas notaron mi presencia en el camión. Me gritaron algo que no entendí y el camión volvió a ponerse en marcha. Decidí ser más astuto. Ya estaba lo suficientemente lejos de Manu Sibango. En una ciudad cualquiera se oculta uno mejor que en un pueblo. Recordé a los niños de la estación en la que Zippo había abandonado a los dos pequeños. Sabía que, probablemente, acabaría como ellos mientras buscaba la forma de regresar a casa. Aunque si robaba comida y me detenían...

Podía ir a la cárcel, y eso sería peor que la plantación de Manu Sibango.

El camión ya no rodaba a mucha velocidad. La gente se cruzaba y el tráfico de animales, carretas, motocicletas y coches era incesante en medio de un caos extraordinario. Para mí, las ciudades eran un enigma. Yo venía de un pueblo tranquilo. ¿Cómo podían vivir en medio de tanto ruido y prisas, de aquella masificación? Miré por encima de la separación metálica de la cabina del camión y alcancé a ver que nos dirigíamos hacia otro de aquellos artilugios de colores.

Me preparé.

No se detuvo en él, lo pasó de largo. Volví a atisbar y vi otro a lo lejos. Se puso rojo antes de que el conductor llegase.

Y esta vez, cuando el camión se detuvo, salté al suelo y eché a correr sin esperar a ver si mi acción había sido detectada o no.

Hambre

El primer día vagué por aquellas calles asombrado por todo lo que veía, deteniéndome aquí y allá, fascinado.
El segundo día, el hambre hizo acto de presencia.
Pero nada más llegar, hasta que la noche me empujó a buscar cobijo, descubrí más cosas de las que en toda mi vida, hasta ese momento, había imaginado. Era un marciano pisando la tierra. Escuché música saliendo de un aparato en el que giraba una placa redonda de color negro. Vi otra de aquellas ventanas de colores, dentro de la cual había personas hablando o moviéndose. Fui testigo de hechos asombrosos, como ver salir líquidos aromáticos de máquinas o presenciar cómo un hombre le sacaba las entrañas a un vehículo —con lo cual deduje que conocía perfectamente su funcionamiento—. Podría emplear hoy las palabras que ya sé: semáforo, tocadiscos, televisor, cafetera, mecánico... Pero empleo las mismas sensaciones que tuve aquella tarde en Daloa. En el viaje de ida, Zippo se había reído de mí, pero me había dicho cómo se llamaba tal o cual cosa. Ahora estaba solo, sin nadie a quién preguntar. Mi pueblo perdido y distante formaba la Edad de Piedra de mi pasado.
Lo peor fue caminar delante de los puestos de fruta, comida, bebida...
En la selva todo es gratis, basta con alargar la mano y agarrar lo que la naturaleza te da. Allí reinaba la ley del dine-

ro. Sin dinero no eras nadie. Pude beber en una fuente casi seca en la que hacían cola muchas mujeres, pero nada más. Llené mi buche y seguí andando. Al final, me aparté de los puestos de comida, porque me estaban torturando todos aquellos aromas. Pensé en regresar a la selva, pero quedaba lejos. Además, imaginé que en los alrededores de la ciudad los árboles estarían secos. ¿De dónde sacaba comida toda aquella gente? ¿Es que todo el mundo vivía allí? Nunca había visto tantas personas juntas.

Hoy sé que Daloa no es una gran ciudad, que sus calles son polvorientas, y que hay sitios mucho más grandes y con más habitantes, incluso en África; pero entonces mi ignorancia me hacía cuantificar todo de una forma irreal.

Sentí que allí la vida era agobiante, y que la ciudad me rechazaba. Me gritaba: «¿Qué estás haciendo aquí? ¡Vete!».

La ciudad me expulsaba.

Sin embargo, no tenía adónde ir, así que me quedé.

Aquella noche dormí en el cauce de un río seco. Tuve pesadillas. Habituado a dormir siempre en silencio, o acompañado por el suspirar o los ronquidos de mis compañeros de esclavitud, el menor ruido de la urbe que tenía a mis espaldas me agitaba o me despertaba turbado. Pese a todo, me venció el cansancio de las tres noches empleadas en la huida. Desperté al amanecer con un tremendo grito de mi estómago, dolorido por el hambre.

Sí, el segundo día el hambre hizo acto de presencia con toda su fuerza y su poder desestabilizador, porque con hambre todo te parece más irreal, absurdo. El hambre es terrible, es la verdadera pobreza, la auténtica miseria.

Volví a vagar por las calles, hasta que me atreví a preguntar. Me acerqué a una mujer y, antes de que abriera la boca, me miró de arriba abajo y me dio la espalda. Me acerqué a una segunda mujer y, cuando abrí la boca, me miró de arriba abajo y me dio la espalda. Opté por un hombre y logré formularle la pregunta, pero reaccionó igual: me miró de arriba abajo y me dio la espalda.

Aunque antes se echó a reír.

Yo sólo le había preguntado:

—Señor, ¿hacia dónde está Malí?

Por lo menos me entendían, hablaban mi lengua o...

Seguí vagando por las calles hasta que, en una placita recóndita, vi a unos niños más pequeños que yo hurgando en las basuras buscando comida. Me sumé a ellos. No fui bien recibido, pero era mayor y acabaron olvidándose de mí, cada cual concentrado en su propia inspección de restos con los que alimentarse. Encontré un hueso con algo de carne pegada y también un mendrugo de pan muy seco que me supo a gloria. Llevaba tanto tiempo comiendo arroz y ñame, que cuanto hallé en las basuras se me antojó nuevo y excitante. Incluso me pareció un manjar.

A las dos horas, mi estómago, nada acostumbrado a aquellos cambios de comida, empezó a dolerme y a castigarme por mis excesos.

Vi algo más.

En una calle, una mujer azotaba a una niña pequeña, de unos cinco años, con una vara muy flexible. La niña lloraba y se debatía entre llantos, mientras la mujer, implacable, descargaba su ira sobre su trasero. No pude sustraerme a esa imagen y me detuve. Cuando la mujer se dio cuenta, alzó la vara y me gritó:

—¡Y tú qué miras! ¿Eh?

Seguí andando.

Me pregunté qué habíamos hecho los niños para que todo el mundo nos odiase tanto.

Robo

Al anochecer, el hambre me estaba volviendo loco.

Sabía que no resistiría otra noche durmiendo en el cauce del río seco para despertar, por la mañana, con el estómago rugiéndo. Así que volví a buscar en la basura, pero no tuve tanta suerte. Incluso un perro me disputó unos desperdicios mostrándo sus fieros dientes cuando me acerqué demasiado.

Los mercados recogían sus puestos de venta.

La mujer a la que le robé una fruta me pareció mayor, muy mayor. Tenía el cabello con hebras grises recogido en un pañuelo, y estaba sentada detrás de un tenderete de madera con un pequeño toldo para evitar el sol. Un enjambre de moscas zumbaba entre las frutas de todos los colores; aunque había muchas más al lado, en un puesto de carne. Eran tantas que la carne era más negra que roja.

Cogí sólo una pieza, grande, hermosa y jugosa. Una sola pieza. Ni siquiera sabía su nombre o a qué sabría. Y cuando la tuve en mi poder eché a correr por la calle mientras por detrás se oía un grito.

—¡Ladrón!

Por asombroso que parezca, la mujer echó a correr detras de mí.

Y no sólo ella, también otros dos hombres, sin duda más rápidos que la dueña de la fruta.

Corrí por calles y callejuelas, asustado, temeroso, viéndome en la cárcel y devuelto a Manu Sibango para ser castigado, o pudriéndome en una celda de por vida. ¿Quién era yo? No tenía papeles, no existía, no era nadie. Lamenté haber robado aquella fruta. Pero ya era tarde. O corría y los esquivaba o pagaría por ello. Me juré no robar nunca más, aunque mi estómago me martirizase con sus rugidos y mi mente se volviera del revés. También pensé en tirar la fruta, devolvérsela, para que me dejasen en paz, pero puesto que la había robado y no estaba seguro de que eso les bastase, opté por conservarla. Si ganaba aquella carrera, me la comería.

Si hubiera ido descalzo seguro que la distancia ganada habría sido mayor. Pero llevaba mis zapatos. Y me sentía igual que una vaca con ellos. Los zapatos son un signo de calidad de vida, pero no se puede correr con ellos puestos. No sirven de mucho.

Me adentré en un callejón oscuro, buscando refugio, mi última oportunidad. Y me encontré en un callejón sin salida. No había ningún lugar donde ocultarse, salvo el hueco de una puerta, al pie de un edificio de dos plantas hecho con gruesas tobas grises, y con el cemento apenas dándoles algo de consistencia.

Me aplasté contra esa puerta.

Ellos estaban cerca, oía sus gritos.

—¿Dónde está?

—¡Mira en ese callejón!

Entonces oí su voz, por encima de mí. Pude entenderla porque lo que dijo era sencillo. Hablaba francés.

—¡Está abierto, entra!

Levanté la cabeza y la vi. Era una muchacha asomada a una ventana. La luz del interior, desde abajo, le daba un aspecto fantasmal.

Puse la mano en el tirador y lo moví. La puerta se abrió.

Entré en aquella casa en el instante en que uno de mis perseguidores hacía acto de presencia en el callejón.

Amiga

Ama Naru no era tan hermosa como Naya. Tenía un año menos que yo y se estaba formando como mujer. Su pecho nacía hacia afuera y su piel no brillaba, parecía el fruto de un árbol de cacao al que nunca hubiera dado el sol. Naya era espléndidamente negra y Ama Naru de color chocolate. Sin embargo, no las estoy comparando. Sólo digo lo que pensé al conocerla. Era la segunda muchacha a la que yo veía de cerca, pero, y por encima de todo, y aunque hablaba mi lengua y francés, era la persona que me salvó la vida aquella noche.

Ama Naru cojeaba, tenía una pierna más delgada que la otra. Más tarde me contaría que era a causa de una enfermedad llamada polio. Y se sentía afortunada. Al menos andaba.

Empecé a comer la fruta robada antes de que sucediera algo más, y me quedé muy quieto en aquella oscuridad, a la espera de lo que pudiera ocurrir. A los pocos segundos se hizo la luz y la chica de la ventana bajó por unas escaleras hasta donde yo me encontraba. Parecía divertida.

—¿Quién eres?
—Kalil Mtube.
—¿Por qué te perseguían?
—No hablo mucho... francés... ¿Tú sabes... dioula?
—Sí.
—¿Dioula?
—Sí —insistió. Y repitió su última pregunta—: ¿Por qué te perseguían?
—Tenía hambre —le mostré lo que quedaba de la fruta, que menguaba rápidamente a cada dentellada.
—¿De dónde eres?

—De Malí.
—¿Qué haces aquí?
—He escapado de un campo de cacao. Era esclavo.
Ella abrió mucho los ojos.
—No hay esclavos hoy.
—Los había en ese campo, y los hay en muchas otras partes —recordé a la niña vendida y a los dos niños abandonados en el viaje.
—Eres extraño.
—¿Por qué me has ayudado?
—Porque eres un niño y te perseguían dos hombres.
—No soy un niño.
—Oh, perdona —me mostró su sonrisa.
—¿Vives sola?
—Mis padres y mis hermanos están en el hospital, visitando a una tía mía. Yo cuido de mi abuela, arriba.
—¿Tienes comida, por favor?
—Sí, espera.
Me dejó solo, fue al piso de arriba subiendo los peldaños de uno en uno a causa de su cojera, y bajó a los pocos instantes con pan, arroz y algo de carne. También me trajo agua. Un agua que sabía muy bien, distinta a la de la charca del campamento o a la de la fuente en la que había llenado el buche. Mientras comía, me miró con más y más curiosidad y me dijo su nombre.
—Estás muy lejos de Malí.
—¿Sí?
—Mucho.
—¿Tú sabes ir?
—¿Qué clase de pregunta es ésa? Sé dónde está, hacia el norte. Pero está lejos.
—¿Y cómo sabes tanto?

—Voy a la escuela. Allí hay mapas.
—Yo nunca he ido a la escuela.
—¿No sabes leer ni escribir?
—No.
Sus ojos mostraron pena.
—Mañana te llevaré a ver a alguien.
—¿A quién?
—A mi profesor.
—¿Profesor?
—La persona que te enseña cosas, a leer y a escribir, y te dice dónde está Malí.
—¿Puedo quedarme aquí?
—Aquí no, pero puedes dormir en el callejón cuando haya pasado el peligro.

No hablamos mucho más. Le conté algo de mi odisea y ella me habló de su familia. Tenían un pequeño negocio. Eran gente importante. Para mí, los más importantes del mundo. Luego escuchamos la voz de su abuela, llamándola quejumbrosa, y se despidió hasta el día siguiente.

Dormí en el callejón, seguro, comido, bebido, más tranquilo.

Después de aquellos dos años y medio, casi tres, en el campamento de Manu Sibango, conocía a un amigo, a una amiga.

Profesor

El profesor de Ama Naru se llamaba Masa Bissou y era un hombre joven, agradable. Fue el primer adulto que me tendió la mano y me la estrechó como a un hombre. No sólo hizo eso, sino que me sonrió, me dio su amistad y escuchó mi historia con suma atención y mucha tristeza. A veces, bajaba la cabeza y su semblante adquiría un rictus de dolor imposible de disimular, y mucho menos de ocultar. Cuando terminé con el relato de mi huida, suspiró con fuerza. Yo no se la habría contado de no ser porque Ama Naru me aseguró que era de confianza, una buena persona. Pensé que si alguien se dedicaba a enseñar a los demás lo que él sabía, era porque, en efecto, era una buena persona. La única buena persona que había conocido era el hombre sabio de mi pueblo, Mayele Kunasse.

Fue Masa Bissou el que me contó casi todo lo que sé ahora.

Fue Masa Bissou el que me puso un mapa delante de los ojos y me dijo:

—Esto es Malí, por aquí está tu pueblo. Esto es Costa de Marfil, y aquí estamos nosotros, en Daloa. Según tu relato, la plantación en la que estuviste tiene que hallarse por aquí, en medio de este cuadrado formado por Bonoufla, Dédiafla, Kétro y Pélezi.

Me pareció todo tan pequeño que me asombré. Mi pueblo estaba a un par de palmos.

Masa Bissou me habló de las distancias, me enseñó otros mapas. Me dijo que nosotros estábamos en África, y que había otras tierras. Recordé a Sibrai Buekeke, su sueño de ir a Europa, al otro lado del mar. Le pregunté al profesor dónde estaba Europa y me lo señaló, más arriba de África.

Los libros de Masa Bissou fueron mi auténtica luz, la ventana por la que me asomé al mundo entero. Vi fotografías de personas blancas, y amarillas, y rojas. Vi imágenes de aquellos niños que, según Manu Sibango, comían felices el cacao que nosotros arrancábamos de los campos sin querer pagar por él lo que merecíamos. Vi ciudades al lado de las cuales Daloa era un pueblecito, con edificios tan altos que resultaba asombroso que se mantuvieran en pie. También supe que estábamos en el año 1995. Aquellos libros me abrieron el corazón y me expandieron la mente. Supe que aprender era la auténtica libertad, y que saber leer y escribir era la llave para llegar al futuro.

Jamás sentí tanta pena y tanta alegría mezcladas como aquel día.

Pena por ver lo que yo era. Alegría por saber que tenía tiempo de aprender y, tal vez, una oportunidad.

No poseía nada, salvo la vida, pero, ¿acaso no era libre?

—Podría enseñarte a leer y escribir —dijo Masa Bissou.

—¿Podría?

—Quédate aquí.

—He de ir a mi casa.

—No llegarás. Solo, sin dinero, y sin saber nada, nunca llegarás.

—Aquí tampoco tengo nada.

—Puedes limpiar la escuela a cambio de comida. Y dormir ahí atrás, en el patio. Necesitamos ayuda.

Nadie había hecho nunca nada por mí. Y en unas horas conocía a mi ángel, Ama Naru, y al hombre que me regaló el más preciado de los dones: el conocimiento. Apenas podía creerlo. Incluso desconfié. ¿La vida podía ser tan simple y agradable?

—Hay muchos niños perdidos ahí afuera —suspiré mirándoles—. ¿Por qué yo?

—Porque tú apareciste en mi puerta y estabas muy asustado —dijo ella.

—Y porque estás aquí, buscas una oportunidad y quieres aprender —dijo Masa Bissou.

Mi nueva amiga se echó a reír.

—No creas que es tan bueno —señaló a su profesor—. Cuando te empiece a dar clases, verás que tiene el corazón de piedra.

Meses

No sabía lo que era la suerte.

Y aún hoy, me pregunto si fue suerte.

¿Destino? ¿Oportunidad? ¿Momento? ¿Casualidad? ¿Cómo llamarlo?

Sobreviví al campamento de Manu Sibango. Y sobreviviría después al barco. Sobre todo a aquel barco. Siempre yo. Así que me pregunto: ¿fue suerte o algo más?

¿Existen muchos dioses que te cuidan si eres grato a sus ojos o un sólo Dios cristiano que te escoge entre todos los demás, y te señala con un dedo decisivo y bondadoso? Yo soy africano. Yo soy África. Soy como mi tierra. Un misterio para los demás. Mi vida ha sido un tránsito. Puede que la razón de la existencia siga siendo no detenerse jamás, y aprender siempre, hasta el último día. Después de todo, tenemos esta vida para buscar respuestas, y mientras demos con ellas un instante antes del último suspiro...

Aquellos seis meses fueron mi despertar.

Y no sólo me sentí libre, sino que aprendí a valorar esa libertad.

Ama Naru fue mi amiga, mi soporte, mi alma. Masa Bissou mi maestro, mi esperanza, mi futuro. No fue difícil aprender a leer y escribir un poco en francés. Lo extraño era que en el mundo hubiese tantas lenguas. Por suerte, en esa parte de África el dioula era el idioma común y el francés el oficial. También aprendí a decir unas pocas palabras en inglés. Bastante trabajo tenía con las otras dos lenguas.

Durante el día asistía a las clases de Masa Bissou. La escuela era sencilla, apenas cuatro paredes y unas aulas en las que nos abigarrábamos un montón de chicos y chicas de todas las edades. Mi sed de aprender, sin embargo, era mayor que la de los demás y, cuando podía, me pasaba el tiempo hojeando libros y haciendo preguntas. Masa Bissou tenía que mandarme a hacer algo para que no lo agotara, aunque nunca se quejó de mí lo suficiente como para que yo pensara que hablaba en serio. Cuando no estaba en clase o aprendiendo por mi cuenta, tenía que trabajar, y trabajaba duro. Más que un trabajo, aquello era una bendición comparado con el campamento de Manu Sibango. Limpiaba la escuela, lo tenía todo preparado antes y después de las clases, hacía recados, y pese al miedo por carecer de papeles, empecé a moverme por Daloa como pez en el agua. Una de las primeras cosas que hice fue llevarle una moneda a la anciana a la que había robado la fruta. No se acordaba de mí. Yo tampoco le refresqué la memoria, por si acaso. Le dije que era una deuda, le dejé la moneda en el platillo, y me alejé mucho más feliz. Después de todo, no se puede tener la conciencia tranquila si has sido un ladrón. Aquello no tenía nada que ver con dejar morir a un mal hombre como Abdji Zedoua. Una cosa es la honestidad y otra la justicia.

En aquellos meses también vi más de cerca a los hombres blancos. Había muchos en Daloa. Viajaban en todoterreno, reían, tenían dinero, hacían aquello que aparecía en los libros, y que se llamaban fotografías, con unas cámaras negras que llevaban colgadas del cuello; y las mujeres llevaban muy poca ropa. Iban con los brazos y las piernas desnudas. Llegué a tocar a un hombre blanco, una tarde. Su piel, al tacto, no era distinta a la mía. Allá donde iban, los seguía un enjambre de niños y niñas esperando recibir algo. Algunos daban goma de mascar y otros caramelos. A mí nunca me dieron nada. Ya era demasiado mayor.

No parecían malos, ni crueles. Sólo personas como nosotros.

No vi niños blancos. Seguía imaginándomelos tomando cacao en sus casas, sin saber nada de nosotros.

Comía, no dos, sino tres veces al día. Y los domingos no se trabajaba ni se estudiaba. Un día de descanso a la semana. Eso sí era un lujo. Un día para no hacer nada o para hacerlo todo, a elegir.

Escribí mi nombre el primer día. Leí mi primer libro —un cuento infantil con muchos dibujos y grandes letras—, a los tres meses. Los más jóvenes se reían de mí, pero no me importaba. La vergüenza es algo inútil. La sienten aquellos que creen que tienen algo que perder. Yo no tenía nada, así que no la sentía.

Poco a poco, fui experimentando una paz que acabó por llenarme. Durante las primeras semanas aún soñaba con Manu Sibango, con el gusano de Guinea, con el machete, con los campos de cacao. A veces, me despertaba en plena noche y creía estar en el campamento, con la sospecha de que todo aquello hubiese sido un sueño. Al ver que era verdad, me tranquilizaba y volvía a dormirme. Al final, la paz se impuso y dejé de soñar con el pasado, salvo con Naya. Nunca dejaré de soñar con ella. Por lo menos en sueños tengo una vida a su lado.

Esa paz me hizo reflexionar aún más profundamente de lo que jamás lo hiciera antes.

¿Y mis hermanos? Si mi padre estaba muerto como me dijo Zippo, ¿qué habría sido de ellos? ¿Los habrían vendido y tal vez estuviesen cerca de mí, sin saberlo, en otro campo de cacao? Las imágenes de mi casa y de mi pueblo eran muy poderosas. Me llamaban. Era un reclamo atroz. Tenía una vida posible en Daloa, pero demasiadas preguntas sin respuesta en mi mente, y un gran agujero negro en mi alma. Masa Bissou intentó ayudarme a conseguir documentos. Papeles que probasen que yo me llamaba como me llamaba y era de Malí. Había una oficina en Daloa para refugiados de mi país, pero aunque aporté mis datos la única vez que fui, no me los dieron. Tenía que ir a la embajada, denunciar a Manu Sibango y a Zippo, contar mi historia y, por supuesto, demostrar que era cierta, y que yo había nacido en Malí. Era demasiado. Y no quise correr riesgos. Disuadí a mi amigo, el profesor, y continué igual.

Transcurridos aquellos seis meses, yo me sentía igual que un hombre de ninguna parte.

Era feliz.

Pero la felicidad es un pedacito intangible de algo aún más intangible llamado vida.

Así que empecé a pensar en volver.

Decisión

Se lo dije a Ama Naru. La primera. No conocía el color de sus sentimientos, aunque los intuía, y merecía saberlo antes que nadie. Sabía que su voz me ataría y me retendría. Pero mi voz era más poderosa. La suya era un susurro. La mía era un grito.

—He de irme.
—¿Por qué?
—Porque necesito saber, y necesito ver mi casa.
—¿Cuándo?
—Al terminar el curso.
—Quédate.
Todo su dolor envolvió el canto de esa palabra.
—No puedo. No hago más que pensar y pensar.
—Un año. Sólo uno. Aún no sabes escribir del todo, ni leer del todo, ni...
—Sé lo suficiente.
—Aquí tienes amigos. Afuera estarás solo.
—Lo sé.
—¿Y si te cogen y te devuelven, de nuevo, a una plantación de cacao?
—Antes moriría. Ya no volveré a trabajar en un campo.
—¿Volveré a verte?
—Quizás.
—Siempre fuiste bastante extraño. Aquella noche ni siquiera sé por qué te llamé. Debí dejar que te atraparan aquellos hombres.
—Estás enfadada.
—No.

Bajó los ojos al suelo. En aquellos seis meses se había formado por completo. Su pecho ya era vigoroso y firme, sus ojos de cristal, su boca un grito y su cuerpo una promesa. Nunca llevaba faldas, para ocultar su pierna más delgada. Vestía ropa occidental, unos vaqueros. Yo también tenía otras ropas, y otros zapatos, flexibles, más cómodos.

—Yo no pertenezco a esto —traté de excusarme.
—Todos pertenecemos al lugar en el que somos felices y se nos quiere.

—Pero si me quedo aquí, olvidaré. Y no quiero olvidar. Mayele Kunasse me habló en una ocasión de la piel de la memoria.

—¿Qué es eso?

—Yo no lo entendí entonces —asentí cansino—. Me dijo que la memoria es como una cebolla que tiene muchas capas. En la más profunda está la verdad, lo que somos, lo que realmente somos, el lugar al que pertenecemos, nuestro origen, el olor de nuestra madre, el semblante de nuestro padre... Y me dijo que al crecer vamos formando nuevas capas, encerrando ese corazón. Y cuanto más crecemos, más capas aportamos. La vida va creando nuevas pieles, a veces tan gruesas que incluso nos apartan de los recuerdos más inmediatos; así que los más lejanos o profundos...

—Y si perdemos la piel de la memoria...

—Lo perdemos todo —acabé sus palabras.

—¿Y merece más la pena la memoria del pasado que el valor del futuro?

Lo medité.

—No lo sé —reconocí—. Pero creo que conservando el pasado y esa memoria, podremos ser mejores en el futuro, aprender de los errores, y evitar que todo sea peor.

Ama Naru me puso una mano en la mejilla.

—A veces das miedo.

—¿Yo? —me asombré.

—Tu horizonte no tiene límites, y ése es un gran compromiso. No siempre es bueno conseguir lo que se desea.

—Yo sólo deseo volver a casa.

—No, hay algo más —insistió ella.

—¿Qué ves en mí?

—Tu destino.

—¿Y cuál es mi destino?

—Luchar.

—Cuando llegue a casa no tendré por qué luchar —afirmé.

Sus ojos brillaron como las estrellas del cielo cuando mi madre me hablaba desde allí.

—Entonces, ve —me dijo Ama Naru.

Y su mano dejó mi mejilla mientras sus labios sellaban los míos por primera y única vez.

Partida

Masa Bissou lamentó perderme al terminar el curso, pero no puso reparos a mi partida, ni trató de impedirla. Al contrario que Ama Naru, él conocía los secretos del corazón humano y podía leer en mi alma como si se tratase de un libro abierto. Sabía que yo miraba siempre los mapas con atención, y buscaba aquel punto invisible llamado Mubalébala, al sur de Bankass.

La despedida de mi amiga fue triste. Lloró. Lloró lágrimas gruesas y lágrimas frágiles, lágrimas transparentes y lágrimas negras. Me abrazó pero no volvió a besarme, aunque estábamos solos. La despedida de mi profesor fue en cambio risueña, amigable. No era un adiós, sino una vuelta al mundo, un canto que colmaba mi libertad. Podía ir a donde quisiera, cuando quisiera y como quisiera.

Metí mi ropa —tres camisas y un pantalón— en mi hatillo, y acepté el dinero que Masa Bissou me entregó para que pudiera comer y viajar hacia el norte. No era mucho, pero sí suficiente. Estrechamos nuestras manos y nos abrazamos.

Eso fue todo.

Una parte de la piel de mi memoria sigue allí, con ellos.

La mañana de mi partida, después de subir al autobús que se dirigía hacia el norte, no volví la vista atrás.

Y no lloré.

Ya no.

LA CAPTURA

Detención

No tuve mucho tiempo para gozar de mi libertad ni de mi viaje de regreso a Malí. Tenía que llegar a la frontera, atravesarla a pie por la sabana y, una vez en mi país, confiar en que todo fuese más fácil. Pero antes quedaba el largo trayecto desde el oeste de Costa de Marfil hasta el norte. Largo porque los kilómetros se hacían eternos por aquellas carreteras infernales, llenas de baches, que nos hacían saltar. El peculiar autobús de línea iba a rebosar de hombres y mujeres cargados de bultos, animales vivos, utensilios de la más curiosa procedencia. En el techo, aparte de más bultos envueltos en telas de colores y atados con cuerdas, viajaban otros hombres devorados por el polvo que levantaban los vehículos precedentes.

De todas formas, el tráfico se hizo menos denso a medida que nos alejábamos de Daloa, hasta convertirse en algo inexistente en muchos tramos del camino.

Íbamos rumbo a Séguéla, la ciudad que tanto me abrió los ojos en el viaje de ida.

Pero nunca llegamos a ella.

El control de policía apareció de sopetón, tras un recodo arbolado que nos impedía ver el resto de la carretera. El conductor de nuestro transporte no llevaba puesto el cinturón de seguridad, que por lo visto era una de las infracciones más perseguidas por la ley. La mayoría presenció con indiferencia la parada del vehículo. Yo no.

Yo no tenía papeles.

Pudo haber sido de otra forma. Pero fue como fue. Si tenía suerte, esta me dio la espalda nada más abandonar Daloa. Uno de los policías de carretera habló con el conductor y le pidió la documentación. Otro entró en el interior y nos examinó a todos. Yo fijé mi vista en la ventana, al otro lado del cristal. Lo único que se veía era aquella selva boscosa que tan bien conocía. Estábamos lejos de la zona del camino de cuyos márgenes partía la senda que conducía a la plantación de Manu Sibango y a otras plantaciones. Pero el miedo hacía que todo volviera a distorsionarse. El policía le pidió algo a un hombre sentado sólo tres filas por delante de mí. El hombre le entregó una sucia cartera que fue examinada sin prisa. Cada segundo se hizo eterno.

Yo viajaba solo.

Un niño viajando solo, y con un simple hatillo de ropa.

El policía le devolvió al hombre la cartera y continuó avanzando. No pasó de largo, ni se dio la vuelta. Se detuvo al lado de la mujer y le preguntó si íbamos juntos.

—No, no señor —respondió ella.
—Eh, tú, ¿adónde vas?
Tuve que mirarle.
—A Séguéla —mentí.
—Papeles.

Mi alma se desintegró. Mi corazón se fundió abrasado por el calor que me invadió de pronto. Mi cabeza se quedó en blanco.

—Los tengo en mi casa.
—¿No llevas papeles?
—No.

Y lo dijo:
—Baja.

Soborno

No puedo explicar lo que sentí cuando el autobús se alejó carretera arriba sin mí.

Tenía un policía a cada lado. Uno, el que me acababa de detener, me sujetaba con la mano. No se veía nada salvo su coche oficial, blanco y verde. Me pregunté dónde estaban el día en que Zippo, Ieobá Bayabei y yo llegamos y descendimos por aquella misma carretera hacia mi esclavitud. Los miré con impotencia y ellos me devolvieron la mirada con impasible gravedad.

—¿Nombre?
—Kalil Mtube.
—¿Por qué no tienes papeles?
—Soy de Malí —decidí contar la verdad.
—¿De Malí? —manifestó uno.

—¿Qué estás haciendo tan lejos de tu casa? —se extrañó el otro.

—He escapado de un campo de trabajo. Un campo de cacao.

—¿Cómo que has escapado?

—Era esclavo.

Su bofetada me pilló de improviso. Casi le hizo dar una vuelta entera a mi cabeza. Fue seca y dura. Demasiado tiempo sin golpes. Fue igual que volver atrás, a un pasado no tan lejano ni tan olvidado, cruelmente real y próximo en el tiempo.

—¡No hay esclavos en Costa de Marfil! —me gritó el que acababa de golpearme.

—¿Quieres difundir mentiras y hacer propaganda negativa? —le secundó el otro.

—¿Cómo he llegado hasta aquí si no? —me resistí a silenciar la verdad.

—¡Yo te diré lo que ha sucedido! —siguió gritando el primer policía, el que me había hecho bajar del transporte—. ¡Tenías un buen trabajo y le has robado a tu patrón! ¡Eso es lo que ha sucedido!

—¡Exacto! —asintió su compañero—. ¡Ahora te das a la fuga con el producto de tu robo, y los papeles los tiene tu amo porque no has podido recuperarlos!

—No es cierto...

—¡Cállate!

La segunda bofetada me la dio el otro, en la parte opuesta de mi cara. La cabeza volvió a rebotar sobre el cuello y me sentí aturdido. Pero ellos llevaban un uniforme, y armas. No podía hacer nada.

—Vamos a encerrarte.

—En la cárcel seguro que reflexionas.

—A no ser que confieses.

—¿Quieres confesar?

Fueron cuatro preguntas que sentí como un bombardeo inquisidor.

—¿Confesar?

—Te lo pondremos fácil. ¿Llevas el dinero?

—Llevo mi dinero.

—No es tuyo, lo has robado, ¿recuerdas?

—Da igual —le dijo su amigo—. Puede devolvérnoslo y pedir perdón o puede pagarnos la multa, que para el caso es lo mismo.

—Pero si yo...

La tercera bofetada fue mucho más fuerte que las otras dos. Esta vez caí al suelo, sobre mi trasero. Traté de levantarme pero el otro me puso una dura bota negra encima del pecho.

—Veamos tu dinero —me tendió la mano.

Podían quitármelo si querían. Podían incluso matarme y echar mi cadáver a la cuneta para que me devorasen las alimañas. No tenía escapatoria. Llevé mi mano derecha al bolsillo de mi pantalón y extraje los francos que Masa Bissou me entregó aquella mañana.

El policía los tomó y los contó.

—¿Eso es todo? —se los mostró al otro.

—Eres tonto. Para la multa es suficiente, pero robar esa miseria...

—Sí, justo lo que cuesta la multa.

La bota negra se apartó de mi pecho. No me ayudaron a levantarme. Lo hice solo y aprisa.

—Lárgate —me dijo el primer policía.

Miré la carretera, vacía. ¿Cuántos kilómetros habíamos rodado desde el último pueblo? Creo que se llamaba Bazra.

—¿Sin nada?
—Tú sabrás.
—¿Quieres ir a la cárcel?

No quería ir a ninguna parte con ellos. Me dejaban libre. De nuevo solo y sin nada. Pero libre.

—Si volvemos a pillarte, te detendremos, ¿de acuerdo?
—Y sin dinero para pagar otra multa, esta vez será peor, ¿entiendes?

Me aparté de ellos. Eran odiosos, corruptos, malos bichos. Zippos y Manu Sibangos con uniforme. Se suponía que ellos debían velar por las personas honestas y decentes. Me dejaban tirado en mitad de un país en el que había sido esclavo días, semanas, meses, años...

Eché a andar carretera arriba.

Y ellos regresaron a su coche, se repartieron el dinero y se alejaron carretera abajo.

Interrogantes

Me encontraba a trescientos cincuenta kilómetros de la frontera. Eso es lo que deduje observando el mapa que me dio Masa Bissou y tomando como referencia aquel pueblo por el que habíamos pasado hacía rato, Bazra. Trescientos cincuenta kilómetros de sabana desde poco antes de llegar a Séguéla.

Un mundo.

Un océano de tierra.

Imposible a pie, sin comida, sin dinero, sin papeles.

Mi primera opción pasaba por hacer autoestop, y suplicar que me llevase un alma bondadosa. Había visto hacerlo a la salida de Daloa, en una excursión aventurera que organizó Masa Bissou. Pero una cosa eran las cercanías de Daloa y otra muy distinta aquel mundo desconocido y poblado de salteadores y bandidos. Cualquiera sabía que existían. Cualquiera que, como yo, llevase ya allí un tiempo. Por lo tanto, nadie me recogería a no ser que estuviese loco o fuese inconsciente.

La segunda opción pasaba por abandonar la carretera e internarme en el bosque en busca de alimentos y agua. Lo poco que llevaba en el hatillo era para aquel día de viaje.

Caminé.

Caminé el resto del día, siguiendo la carretera, cuidando de que no volvieran los policías. De vez en cuando, tentaba a la suerte con mi dedo pulgar extendido. Pero nadie se detuvo. Por la noche, improvisé una cama en un árbol para estar lejos del suelo, y volví a dormir a la intemperie, incómodo y con un ojo abierto. Era como si los meses pasados en Daloa no existieran. Igual que si Ama Naru y Masa Bissou hubieran sido un sueño maravilloso. La opción de regresar a Daloa con ellos, casi cien kilómetros atrás, tampoco era sencilla. Riesgo por riesgo, prefería el de acercarme lo máximo posible a la frontera.

Al día siguiente llovió. Y llovió mucho. Quedé empapado. La selva me arrancó hasta el último de mis olores urbanos, y lo peor fue que me inmovilizó de tal forma que ni aquel día, ni el siguiente, pude avanzar gran cosa. No me faltó agua, pero la comida escaseaba aún en los árboles. Trepaba y tenía que disputársela a cualquier animal. Un viejo amigo mío reapareció casi de inmediato. Lo tenía dormido en mi corazón y despertó sin más. Lo supe en cuanto lo reconocí, cara a cara.

El odio.

Había dejado de odiar, pero eso no significaba que la paz lo hubiese expulsado de mi ser.

Ahora, mi odio tenía otro color.

Antes era puro y simple. Odiaba a mi padre por venderme. A Zippo por comprarme y llevarme. A Manu Sibango por esclavizarme. Al gusano de Guinea por su dolor. A Occidente por bajar el precio del cacao y matarnos. Era muy sencillo.

Pero Masa Bissou me había enseñado mapas, ciudades, rostros felices. Y también los había visto en el bar, en la televisión. Uno no puede odiar lo que desconoce; en cambio, cuando se sabe más y más, y se entienden las cosas, el odio es directo y amplio, abarca todo lo que uno no es, todo cuanto sirve para culpar a los demás de tu infortunio. Yo no tenía nada y ellos lo tenían todo. Antes era ignorante y por lo tanto mi odio era tan ignorante como yo.

Ya no lo era.

Así que odié al mundo entero.

¿Sabían que yo existía?

¿Conocían la verdad?

¿Qué clase de mundo era aquél que vivía en la indiferencia y daba la espalda a los demás?

Mayele Kunasse me habló del egoísmo. Me lo advirtió. Y era verdad. Dijo que el mundo era cruel, amargo, peligroso, y que los seres humanos se odiaban entre sí.

Así pues, lleno de odio, yo estaba ya en ese mundo.

Formaba parte de él.

—Bienvenido —me dije.

Al tercer día salió el sol, pero yo estaba aterido y muy solo.

Ese fue el día en que mi destino, una vez más, volvió a cambiar.

Bandidos

Aparecieron por la noche.

Eran hombres armados. No guerrilleros, porque no había guerrillas ni guerras en Costa de Marfil. Eran simples bandidos, ladrones, y también tratantes de esclavos. Desvalijaban turistas y no turistas al amparo de la gran masa forestal abierta entre Séguéla, Man, Duekoue y Daloa. Había oído hablar de ellos en el campamento de Manu Sibango, aunque no se metían con los campos de cacao. No les convenía. En cambio, sí secuestraban personas. Por ejemplo, las pocas que lograban evadirse de un campo, los que atravesaban la frontera buscando un mundo mejor en el que vivir y un trabajo digno, o cuantos niños hubiera perdidos vagando más allá de las ciudades. Como yo.

No todos los tratantes de esclavos los compraban por quince dólares. Otros los tomaban gratis.

Traté de huir, pero ya no pude. Caí del árbol, y aunque me revolví en el suelo, un culatazo me despertó del mundo de los sueños. Cuando recuperé la consciencia era de día y estaba atado. Me dolía mucho la cabeza y no veía bien por el ojo izquierdo, a causa del golpe. Los conté. Eran diez. El más joven debía de tener dieciocho o diecinueve años. El que me interrogó fue el mayor, de unos treinta. Llevaba una vieja chaqueta verde con galones.

—¿Quién eres? —me preguntó en francés.

—Kalil Mtube.

—¿De dónde eres?

—De Malí.

—¿Adónde vas?

—A Malí.

—Vas y vienes mucho de Malí, tú.

Ya no supe qué decir, así que esperé. Sabía que no iban a matarme.

También sabía que era el fin de mi libertad.

—¿Buscas trabajo aquí o escapas de él? —continuó el hombre.

—Busco trabajo —mentí para que no supieran que huía de un campo.

—No tienes papeles —sonrió—. No tienes nada. Ni dinero.

—No.

—¿Eres fuerte?

—No sé.

—¿Y valiente?

—Tampoco lo sé.

—¿Quieres luchar?

—¿Luchar?

—En la guerrilla.

—¿Qué guerrilla?

—La de Sierra Leona.

En los mapas, era un país cercano a Costa de Marfil por el oeste, que era donde estaba yo, al otro lado de Liberia. Masa Bissou me había hablado de su guerra, fratricida, terrible. Llevaban años. En Costa de Marfil había cacao. En Sierra Leona diamantes. Los diamantes no se comían pero eran más valiosos que el cacao.

—Buen dinero, chicas, aventura... —hizo un gesto significativo el jefe de la partida.

—No quiero pelear.

Me estudiaron durante unos segundos. Entendieron que hablaba en serio. Les bastó con mirarme a los ojos. El de los galones se encogió de hombros y se limitó a decir:

—¡Llevadlo con los otros!

Jaulas

Los otros eran catorce y estaban en jaulas.

Chicos como yo, enjaulados como animales.

A mí me metieron en una de las más pequeñas, donde había otros dos, uno más pequeño y otro mayor que yo. Apenas si cabían, así que, con uno más, fue difícil el acomodo. Las jaulas tenían un suelo de metal herrumbroso, sucio y hediondo por los orines y las defecaciones. Las paredes y el techo estaban formadas por barrotes de hierro lo bastante duros como para resultar sólidos, pese a su delgadez. Los otros dos me miraron recelosos, especialmente el más pequeño, que parecía muy asustado. El mayor, en cambio, me habló casi de inmediato.

—¿Sabes hablar? —dijo en francés.

—Sí —le respondí.

—Menos mal —lanzó un profundo suspiro de alivio—. Éste no me entiende ni le entiendo yo a él —señaló al otro chico—. ¿Eres guerrillero?

De pronto todo el mundo me hablaba de guerrillas.

—No.

—Yo sí —pronunció con orgullo.

—¿En Sierra Leona?

—Sí —acentuó la sonrisa.

—¿Qué estás haciendo aquí?

—Quería ver a mi esposa.

—¿Tienes esposa?

—Sí, claro —me miró como si fuera blanco y no entendiera nada—. Tengo dieciocho años.

—¿Por qué peleas en Sierra Leona si no es tu guerra?

—Pagan bien, no como en el cacao. Y es divertido matar. ¿Has matado alguna vez a alguien?

Recordé a Abdji Zedoua. No había sentido su muerte, pero tampoco me había alegrado.

—No —afirmé.

—Te gustaría —hablaba de ello igual que si hablase de algo hermoso, y eso me aterró—. Coges a uno, le rompes los huesos mientras chilla, y ves el miedo en sus ojos. Cuanto más miedo tiene él, más fuerte eres tú. El morabito de mi pueblo me dijo una vez que somos la suma de los miedos de los demás, y que nuestro valor es la suma de todas energías que les quitamos. Por esa razón yo soy grande. Me llaman Big Ngu. *Big* significa «grande» en inglés.

—Matar es algo muy grave —fue lo único que se me ocurrió decir.

—¿De qué mundo vienes tú? Hay que matar para que no te maten. Rebanas el pescuezo de alguien con tu machete y sabes que ése ya nunca va a hacerte nada. O le disparas a las rodillas y después le sacas los ojos.

Me estremecí.

—Siempre habrá otro enemigo más.

—Siempre habrá guerras —se encogió de hombros.

Nos quedamos callados un momento.

—Eres extraño —me dijo a la postre.

—Me he escapado de un campo de cacao —me defendí.

—Esto tiene mérito —ponderó—. ¿Eras esclavo?

—Sí.

—¿Y no matarías por tu libertad?

—Sí —tuve que reconocer de mala gana.

—Tú no eres de aquí, ¿verdad?

—Soy de Malí.

—Oh, ya veo.

Iba a preguntarle qué significaba eso, pero no hubo tiempo. Algunos de los ladrones regresaban y Big Ngu se calló al instante. Sus últimas palabras, envueltas en un susurro, fueron:

—¡Cuidado! No quieren que hablemos.

Violar

Pasamos cuatro días en aquella jaula en la que para moverse uno tenían que moverse los otros dos. Cuatro días escuchando a Big Ngu, mientras que el chico más pequeño miraba sin decir nada, asustado. Cuatro días haciéndonos las necesidades encima. Podíamos orinar entre los barrotes, pero defecar era imposible; así que, después, había que recogerlas con las manos y echarlas fuera. Eso si eran lo bastante sólidas. Nos limpiábamos en los barrotes o con los bordes del suelo metálico, y el olor atraía a cientos de moscas que no nos dejaban en paz. Cuatro días en los que sólo nos dieron de comer tres veces. El agua era lo único que no faltaba. Cuatro días en los que no nos movimos de allí, en mitad de ninguna parte.

Trajeron a otro muchacho más, de unos doce años. Lloraba y se resistió a entrar en la jaula, así que optaron por lo más sencillo: dejarlo inconsciente de un culatazo. Ya éramos dieciséis. No cabíamos más.

Big Ngu me habló sin cesar de la guerra, de la situación dantesca de Sierra Leona, de las despiadadas matanzas, de cada muerto que recordaba haber tenido en sus manos, de los trofeos de guerra que había perdido al ser tan estúpidamente capturado.

—¡Ser detenido en mi propio país! —se lamentaba—. ¡Yo, Big Ngu, el guerrillero! ¡Claro que no tengo documentos! ¡Uno no va a la guerra con documentos! ¡Pero soy de aquí, iba a mi casa! ¡Cerdos ladrones!

Vivía en Arrah, al este de Bongouanou, al otro lado del país, cerca de Ghana. Sus ojos sólo adquirían un tono humano cuando hablaba de su dulce Sikensi Ouaré, su mujer.

—Me casé con ella a los trece años —me contó—. Sikensi Ouaré tenía doce y ya manchaba con sangre sus piernas; así que era mujer. Es una buena esposa, y muy fuerte. Tenemos dos hijos. Sólo dos. Hace dos años que no la veo ni sabe nada de mí. Mi grupo se había refugiado en la frontera con Liberia y pensé... ¿por qué no ahora? Así que vine a verla y a traerle mis pagas, bueno, lo que me quedaba de ellas. Me descuidé, ¡qué estúpido! Me descuidé.

—¿Ganabas mucho dinero?

—Oh, sí, mucho. Dólares. Dólares americanos. ¿Y sabes? Una vez tuve un diamante —su pecho se hinchó de orgullo—. Maté a un hombre que iba en un todoterreno. Entonces cayeron varias bombas y el coche salió despedido por los aires. El hombre y yo fuimos a parar a una zanja y tuve que meter la cabeza en el barro porque las balas se cruzaban por encima. Después opté por esconderme debajo de su cuerpo y que le acribillaran. Total, ya estaba muerto. Y fue entonces cuando noté la bolsita, y aquello tan duro. Introduje la mano y la saqué. Dentro había un diamante en bruto. ¿Te imaginas? Habría regresado a mi pueblo siendo el hombre más rico.

—¿Qué pasó con él?

—Lo perdí —lamentó—. Entramos en un pueblo, violamos a unas mujeres de una casucha, las muy idiotas se habían escondido todas juntas en un hueco bajo tierra, y cuando acabamos con ellas bebimos y bebimos hasta emborracharnos. Cuando desperté estaba desnudo, no había rastro de mi ropa ni del diamante. Nunca supe lo que pasó.

—¿Violaste... a mujeres?

—Es sólo un botín de guerra —dijo con la mayor naturalidad.

Estábamos pegados el uno al otro. No podía darle la espalda. No podía fingir que no existía. No podía enfrentarme a él. Sin embargo, me sentí mal una vez más, extraño y enfermo. Pensé en Naya. En todas las Nayas violadas por los depredadores de las guerras. Yo no era igual que ellos. No sé por qué, pero no lo era.

Big Ngu interpretó mi silencio como si fuera parte de mi miedo.

—No te preocupes —dijo dándome un golpe en el pecho—. Cuando nos vayamos, no te muevas de mi lado. Yo te protegeré.

Mar

Nos pusimos en marcha al día siguiente.

Los ladrones, aunque también podría llamarles ya contrabandistas, traficantes o cualquier otra cosa parecida, cargaron las jaulas en dos camiones, unas sobre otras, y las ataron para que no volcasen. Nosotros teníamos encima una, así que los orines y las heces resbalaban por los barrotes. Para entonces, mis músculos estaban agarrotados. No podía ponerme de pie, y como ya he dicho, el movimiento de uno significaba una cadena para los otros dos. Incluso Big Ngu dejó de hablar. Guerrillero o no, estaba tan asustado como cualquiera. Y más cuando dijo:

—Bajamos hacia el sur.

Durante dos días, transitamos por la selva más umbría a marchas forzadas, a veces a velocidades insignificantes, por caminos que no eran ni siquiera sendas para animales. En la tarde del segundo día y debido a las lluvias, el primer camión embarrancó, y nos hicieron salir a todos: a los de la cabina para aliviar peso, y a nosotros para ayudar a sacarlo del barro. Nuestro aspecto era patético, mojados por la lluvia, agarrotados por la inmovilidad, hambrientos. Muchos no tenían fuerzas para abandonar las jaulas y recibieron las «caricias» de nuestros captores. Otros no podían ni ponerse en pie. Otros no tenían ni un átomo de energía para empujar. Pero de una forma u otra conseguimos sacarlo. Nuestro premio fue una ración de comida —arroz lleno de agua—. Las condiciones infrahumanas se acentuaron en los siguientes tres días.

Una noche, uno de los muchachos de la jaula contigua a la nuestra enloqueció. Simplemente enloqueció. Primero fueron sus gritos, después los golpes contra los barrotes, con la cabeza. Finalmente un paroxismo catárquico que los ladrones cortaron golpeándolo hasta dejarlo inconsciente. Creo que por eso a la noche siguiente nos dejaron salir para estirar las piernas y desentumecer los músculos. Formaron un círculo y nos apuntaron con sus armas.

—Podríamos atacarlos —susurró Big Ngu—. Moriríamos unos cuantos, pero el resto...

—¡Silencio! —le apuntó un hombre tan sólo un poco mayor que él.

¿Unos cuantos? No, todos. Apenas si teníamos fuerzas para nada. Y menos para luchar. Aunque la muerte tal vez fuese lo más piadoso.

Volvimos a las jaulas, y al día siguiente a transitar por aquellos caminos infernales.

Hasta que nos reunimos con otros dos camiones cargados de jaulas, y con veinte niños más de entre once y quince años aproximadamente.

Escuchamos una fuerte discusión entre los hombres que nos llevaban y los otros.

—Habéis tardado.

—¿Qué queríais, que viniéramos por la carretera?

—Llevamos dos días esperando. ¿Y ésos? Parecen cadáveres. ¿Quién va a quererlos? ¿Cuánto hace que no caminan y comen?

La discusión fue fuerte. Pero desde entonces, cada noche, nos hacían salir de las jaulas, y nos daban algo más de comida: dos raciones al día. Nuestras condiciones de vida empezaron a mejorar. Y más lo hicieron cuando en el último tramo del trayecto dejamos los caminos de la selva para circular por carreteras. Entonces cubrieron los camiones con lonas para que nadie nos viera. Dentro la vida se convirtió en un horno candente. Uno de los niños murió. Lo abandonaron en una marisma al amanecer, desnudo.

Siempre hacia el sur.

Ya no tardamos mucho en llegar a nuestro destino. Incluso Big Ngu había dejado de hablar. Cada pequeño aliento, cada pequeña fuerza de reserva era necesaria.

Era de noche, nunca lo olvidaré. Los camiones se detuvieron, se apagaron los motores, y entonces, en el silencio de la espera, escuché un rumor maravilloso y único. Un rumor que me habló de paces que yo ni siquiera conocía. Un rumor tan lleno de esperanza que me pregunté, fascinado, si no estaría muerto y en el paraíso.

Había llegado al mar.

Inmensidad

La noche era cerrada, así que cuando bajamos de los camiones en la playa, no vi otra cosa que una masa oscura y negra que rompía en la arena formando mantos de espuma blanca que iba y venía sin cesar. No nos dejaron acercarnos, porque estaba muy oscuro. Nos metieron dentro de un cercado, como animales, y nos dejaron allí.

Salir de las jaulas fue una bendición. Había perdido la cuenta del número de días que habíamos estado hacinados. Poder dormir estirado, sin tocar a nadie, sin escuchar una respiración junto a tu oído o recibir una patada inesperada en el estómago. Poder hacer tus necesidades de pie o agachado. Y sobre todo, poder respirar el aire puro de la vida.

Aquel aire olía de una forma especial.

Salado.

Pasé mi primera noche frente al mar escuchando, como un arrullo, el suave roce de las olas en la arena. Me hizo dormir, me acompañó, y fue mi primer sonido al despertar. Al amanecer, y cuando todavía el día no había despuntado, pero sí con la suficiente luz como para que mis ojos pudieran contemplarlo, vi aquella maravilla, y pude extasiarme ante su poderosa belleza y su extraña fuerza. Sibrai Buekeke me había dicho que el mar era enorme. Pues bien, a mí se me antojó un desierto móvil, un gran desierto que en lugar de arena tenía agua. Más allá se abrían nuevos horizontes, esperanzas, libertades, sueños. Tal vez los hombres vivían en perpetuo estado de odio contra sí mismos, pero quizás fuera porque no se detenían a ver el mundo que los rodeaba, tan bello, tan único.

Apoyado en la cerca, pasé aquellos minutos de paz ensimismado en la contemplación del mar.

Mi mar.

Cuando la actividad volvió al improvisado campamento, nos dieron de comer y de beber, y también nos dejaron darnos un baño. Lo necesitábamos. En grupos de no más de diez, y estrechamente vigilados por nuestros captores, nos adentramos en el agua; unos muy serios porque, como yo, era la primera vez que veían el mar, y otros felices, chapoteando igual que niños en un lago. El primero que demostrando saber nadar se alejó más allá de lo permitido, fue obligado a regresar con un arma apuntándole. El agua era salada. De no ser por mi situación, aquel habría sido uno de los días más felices de mi vida. Yo, Kalil Mtube, de Mubalébala, Malí, había llegado al mar.

De regreso a la cerca, Big Ngu se acercó a mí para exponerme su teoría acerca de qué estábamos haciendo allí y cuál podía ser nuestro destino.

—Nos van a llevar lejos, en barco.

—¿En barco?

—Sí, un enorme barco de hierro en el que cabemos todos, y muchos más. Y nos iremos de aquí.

—¿Por qué?

—Alguien pagará por nosotros.

—¿Quién?

—No sé. Siempre hay gente dispuesta a pagar. Somos jóvenes, y cuando comamos, volveremos a ser fuertes. ¿Acaso no pagaron por ti en la plantación de cacao? Es lo mismo —hizo un gesto de amargura—. Puede que acabemos en Sierra Leona.

—Me preguntaron cuando me capturaron si quería combatir en Sierra Leona y les dije que no; entonces me metieron en la jaula.

—Era una prueba. Igual si les dices que sí, te matan en ese instante. Yo también les mentí. No quieren guerrilleros ni gente que sepa pelear. Mejor esperar. Siempre hay que esperar.

—¿Has estado en más lugares, Big Ngu?

—Sólo en Sierra Leona y en Liberia, pero en la guerrilla estuve con soldados de Níger, Camerún, Togo, Benín... Son países de esta zona.

—Lo sé. He visto mapas y sé leer y escribir.

—¿Sabes leer y escribir? —se asombró Big Ngu—. Pagarán un buen precio por ti, y seguro que tendrás un trabajo mejor, amigo. En la guerrilla, los que entienden los mapas son oficiales. Deberíamos seguir juntos, tú y yo. Mi experiencia y tus conocimientos serían esto —cerró el puño de su mano derecha con fuerza.

Miré el mar.

—¿Y cuándo vendrá ese barco? —expresé en voz alta.

No hubo respuesta.

Disparos

Pasamos una semana allí.

Comíamos dos veces al día, cuando podíamos, hablábamos en voz baja, paseábamos arriba y abajo del cercado, y cada mañana, a la hora en que el sol era más fuerte, nos bañábamos en grupos de siete u ocho. Para mí, era el momento sublime, el más esperado. Me lanzaba al agua a la carrera para entrar el primero, y salía el último. Chapoteaba, rompía las olas, dejaba que me cubrieran con su dulce fuerza, y sacaba la cabeza como si fuera un niño alumbrado a la vida. Los hombres de las armas me llamaban *Pez*. Big Ngu era *Palo*. Cada uno tenía su apodo.

A muchos el agua seguía sin gustarles. Cuando volvía al cercado, lamía mi piel. Era un sabor nuevo.

Y acabé rehuyendo a Big Ngu, harto de sus historias de saqueo y muerte, y de sus aventuras, y de los recuerdos de su esposa, aunque al menos éstos eran amables. Mi único recuerdo con una mujer era el contacto de Naya y el beso de Ama Naru. Pero sabía lo que le pasaba a mi cuerpo porque había rozado el de Naya. Conocía los cambios y las sensaciones. Así que las palabras de Big Ngu me hacían daño. Había sido feliz, se había casado a los trece años, y tenía dos hijos. Si moría, dejaría una huella en este mundo, mientras que yo...

Yo apenas había existido.

La vaca que mi padre pudo haber comprado con lo que le pagaron por mí era mi legado.

La quinta noche, uno de nosotros escapó.

No nos enteramos de nada hasta que escuchamos el primer grito, y tras él, el primer disparo. Nos levantamos asustados y miramos a nuestro alrededor. Los hombres armados corrían hacia la arboleda que dominaba el cerro tras el cual nacía la playa. La segunda detonación vino acompañada de un grito de dolor.

—¡Ya está!

—¡Por allí!

—¡Que no escape!

No escapó. Los gritos se escucharon durante mucho rato, muchísimo. Comprendimos que no le torturaban para castigarlo, sino para que lo oyéramos nosotros y olvidáramos cualquier intento de fuga. Cada grito era más espantoso que el anterior, y el pobre desgraciado lo hizo durante diez o quince minutos. Big Ngu era de los pocos que no se inmutaron. Estaba familiarizado con la muerte. Formaba parte del juego. De su juego. Por fin, escuchamos un disparo y tras él...

Silencio.

Por la mañana nos miramos los unos a los otros intentando averiguar quién faltaba. Se trataba de uno de los niños de los camiones que nos esperaban. Nadie dijo nada, ni sus compañeros de jaula. Todo eran miradas huidizas.

El intento de escapada puso de mal humor a los hombres armados. Nos castigaron sin una de las comidas, la del día siguiente, pero no a quedarnos en el cercado sin ir a la playa. Yo prefería bañarme a comer. Big Ngu me dijo que estaba loco. Así:

—Tú estás loco.

—Ojalá. Dejaría de pensar.

—¿Qué más da trabajar en un sitio que en otro, o tener un amo u otro? Lo importante es vivir.

La piel de la memoria de Big Ngu era frágil.

Barco

El barco estaba allí, frente a nosotros, en mitad del mar, al amanecer del octavo día.

Los hombres armados vitorearon su presencia, y nosotros comprendimos que aquel era nuestro destino. Nos llevase adonde nos llevase. Me pregunté cómo sería el mar visto desde el mar. Y eso me aterró. ¿Qué mundo ocultaban las aguas? ¿Qué profundidad tendrían y qué animales las poblarían? De repente, el mar se me hizo irreal y oscuro, tenebroso y mortal.

Unas viejas motoras, que flotaban de milagro, llegaron muy poco después, y los hombres que iban en ellas saludaron a los que nos custodiaban. No oímos nada, pero bebieron y celebraron el encuentro. Desde ese instante, la actividad fue ya frenética. Nos organizaron por grupos y nos subieron a las barcas. En el primer viaje fueron los más pequeños. Las motoras regresaron y en el segundo partieron otros doce. No cabían más. A Big Ngu y a mí nos tocó el tercero. Nos hicieron subir a una de aquellas barcas y nos sentamos juntos. Los dos temblábamos. Éramos hombres de tierra, no de agua. La barca empezó a balancearse.

—¡Estaos quietos! —nos advirtieron—. Si caéis al agua, moriréis ahogados. Uno solo puede ser el responsable de que muera el resto, ¿comprendido? A nosotros no nos pasará nada porque llevamos esto —se tocaron unos chalecos de colores, hinchados, que llevaban sobre el pecho—, pero vosotros os iréis al fondo, para ser devorados por peces que os arrancarán los ojos y os comerán las pelotas —se tocaron la entrepierna con las dos manos para que supiéramos de qué hablaban.

Después, el motor se puso en marcha y nos apartamos de la costa. El balanceo aumento cuando la barca empezó una aterradora carrera por encima de aquella oscuridad líquida.

Yo me aferré a la motora, vieja y sucia, con los ojos dilatados por el espanto. Big Ngu era un espejo. Uno de los hombres se rió. La tierra se alejó a tanta velocidad que pensé que pronto dejaríamos de verla. ¿Y entonces...? ¿Cómo se guiaban los hombres en el mar? ¿Por las estrellas? ¿Y si no había estrellas?

—¡Siéntate o te mato aquí mismo!

Big Ngu se había puesto de pie.

Tiré de él. Su cara era un espanto.

—Big Ngu —supliqué—. Dijiste que vivir era lo único importante.

El arma se amartilló. El chasquido preludiaba el disparo. Volví a tirar de mi compañero, que no mi amigo, y éste reaccionó sentándose de nuevo. La línea de la costa ya no era más que un contorno perfilado en la distancia. La forma del barco, por el contrario, se agrandaba más y más frente a nosotros. Y era un gran barco.

A mí me lo pareció.

Como una manada de elefantes juntos.

Y de hierro.

—¿Cómo flota... eso? —balbuceé.

Las motoras se detuvieron junto al barco. Una red pendía de uno de los lados. No era fácil abandonar la barca y trepar por ella. El balanceo en alta mar era mucho más fuerte. Pero, desde luego, caer al agua significaba la muerte; así que, uno a uno, nos aferramos a la red dispuestos a subir por ella. Yo salí disparado. Era un buen trepador de árboles. Llegué arriba y dos hombres me sujetaron. Apenas si pude ver el lugar. A los pocos pasos se abría una trampilla en el suelo y me obligaron a meterme en ella.

Descendí por una escalerita móvil.

Y vi el horror.

Descubrí lo pequeña que es la vida y lo grande que es la ignorancia del mundo.

O su ceguera.

—No... —gemí.

—¡Baja! —me golpeó uno.

Bajé.

Para ser uno más de los doscientos asustados, tristes y apretados niños y adolescentes que contenía la bodega del barco.

Cautivos

Había visto ya muchas cosas. Era casi un experto en la tortura del alma. Pero jamás pude imaginar algo así. No tengo palabras para definir aquellas imágenes. No tengo siquiera fuerzas para describir cada rasgo, cada mirada, cada gesto. Formábamos una pequeña gran comunidad de almas vacías, de nadas. Más de doscientos niños arrojados a la panza de un barco que nos devoró con su apetito voraz.

Me pregunté si aquellos hombres, los de la playa o los del barco, tendrían hijos.

Sólo eso.

Big Ngu temblaba. Por primera vez nos tocamos, y nos abrazamos, y nos sostuvimos el uno al otro. La comprensión de aquello nos desbordó. El silencio de doscientas personas es un grito a la razón. Y era un gran silencio. Era un espantoso silencio. Se apoderaba de cada uno igual que el gusano de Guinea cuando anida en ti. Crecía en el estómago, te mordía por dentro, y después buscaba la forma de salir. Pero ese gusano no escapaba por los ojos o por el sexo, sino que llegaba a la cabeza, y allí estallaba una y otra vez. Una y otra vez.

Bajaron los últimos, esperamos a que las motoras trajeran a los que quedaban en la playa y, entonces, la trampilla se cerró con un estruendo metálico.

Nos quedamos a oscuras.

El hedor nos golpeó de pronto. Ya existía, ya estaba allí, pero no lo notamos hasta que nos quedamos sin aire, sin el rectángulo de cielo que veíamos a través de la trampilla abierta. Alguien empezó a llorar. Alguien le hizo callar. Todos necesitábamos el pequeño atisbo de valor que nos permitiera resistir.

Por último, el barco se puso en marcha.

EL BARCO

Soledad

Lo peor de los primeros días no fue la oscuridad, fueron los vómitos provocados por los mareos y aquella sensación de estar muertos en vida. Todo mi cuerpo entró en una especie de dolor sostenido que me enturbió la mente y me agarrotó cada músculo. Los gritos de muchos cayeron en la más absoluta indiferencia. Si los campos de cacao eran crueles, aquello superaba todo lo imaginable. No lo entendía. Era imposible que nadie comprendiera el por qué de aquel horror. Pero más que nunca acepté lo evidente: si quería sobrevivir tenía que ser fuerte, esperar, y esperar, y esperar.

Aunque cada segundo en el infierno fuese una eternidad.

Abrían la trampilla sólamente una vez al día. Primero, introducían una manguera y nos duchaban —el agua limpiaba los vómitos que llenaban el suelo—. A continuación, nos bajaban unos baldes con agua sobre la que nos precipitábamos sin orden ni control. Por último, nos echaban la comida. Literalmente: nos la echaban. Parecíamos polluelos, porque los más fuertes la conseguían y los más débiles no. Los mismos hombres del barco comprendían que perder a algunos formaba parte del riesgo. Aunque éramos esclavos, no trataban de cuidarnos para obtener más beneficio; al contrario, les importábamos muy poco. No éramos más que mercancía. Al quinto día murió un niño de unos once años. Gritamos mucho, pero no lo sacaron de allí hasta el día siguiente. El segundo niño murió al séptimo día. Para entonces, la locura ya se había apoderado de la mayoría. Big Ngu y yo estábamos juntos. Aliados. Hablábamos poco, pero en la oscuridad de la bodega nuestros cuerpos se rozaban, tranquilizándonos. Es curioso que acabase siendo amigo de una persona que hubiera despreciado en circunstancias normales; pero dicen que, en determinados momentos, la vida te da extraños compañeros.

Cuando murió el segundo niño, empezamos a aporrear las mamparas metálicas de la bodega, y no paramos. Transcurrieron varias horas, pero logramos nuestro objetivo. La trampilla se abrió y los hombres nos apuntaron con sus armas. Dijeron que iban a matarnos, pero no lo creímos. En ese momento se notó que Big Ngu era un guerrillero y un valiente. Fue uno de los dos que habló. Pidieron que pudiéramos subir a tomar el aire. A cambio, nos portaríamos bien. Los del barco se reunieron y, al cabo de un rato, la trampilla volvió a abrirse. Accedieron a nuestras peticiones.

Desde ese día nos dejaban subir a cubierta al atardecer. Nuestro aspecto era lamentable, pero ese único privilegio contribuyó a levantarnos la moral. Pasábamos un par de horas con el cielo sobre nuestras cabezas y el mar rodeándonos por todas partes, con el viento recordándonos que seguíamos vivos.

No ver tierra por ninguna parte era sobrecogedor.

Locura

Supimos que algo malo sucedía la segunda vez que el barco se detuvo.

Antes de eso, Big Ngu me indicó que navegábamos hacia el este, por el golfo de Guinea. Nuestro destino podía ser cualquiera de los países ribereños, Ghana, Togo, Benín... Hoy sé que eso no es posible, porque justamente esos países no son «receptores» de niños esclavos, sino «proveedores». Probablemente íbamos a Nigeria o Gabón.

Cuando el barco echó anclas la primera vez, no nos dejaron subir a cubierta en dos días. Oíamos gritos arriba, enfados, peleas. Esperamos acontecimientos, pero no se produjeron. El barco se puso de nuevo en marcha y volvimos a cubierta. Algo había sucedido. Los rostros de los hombres estaban tensos, el trato era distinto, más cruel y nervioso. El capitán no salió de su puente de mando, según me hizo notar Big Ngu. Por lo que sé, lo que deduje, y lo que me dijo mi compañero, nuestros secuestradores eran una mezcla de gentes de distintos países de África. Todos eran negros, no había blancos.

La segunda vez que nos detuvimos fue durante tres días.

En la tarde del tercero, oímos un ruido extraño, inquietante, que venía de arriba, algo así como si el cielo se abriera. Sonaba un «zup-zup-zup», continuo y persistente. Muchos se arremolinaron presa del pánico, pero la voz de Big Ngu, a mi lado, me tranquilizó.

—Es un helicóptero —me dijo—. Yo he volado en uno.

Yo había visto aviones, en el cielo, y en una revista de Masa Bissou, pero no helicópteros, así que Big Ngu me los describió. La pregunta era, ¿qué hacía un helicóptero allí? Sólo había dos respuestas: o iban a trasladarnos hasta tierra o alguien acababa de descubrir el barco.

Cuando el helicóptero se marchó, los gritos de los hombres se multiplicaron. En el silencio de la bodega logramos escuchar algunas frases sueltas.

—¡... matarlos!

—¿Queréis que nos detengan por...?

—¡... ahora... o será tarde...!

El barco se puso de nuevo en marcha.

No volvimos a salir a cubierta.

Y murieron dos niños más en aquellos días en los que se decidió nuestra suerte.

Era evidente que habíamos dejado de tener valor para ellos. Se acabó la comida. Se acabó el agua. Se acabó todo. Nos querían muertos, o débiles para no ofrecer resistencia. Así que, cuando lo comprendimos, la locura se desató entre nosotros con todas sus consecuencias.

Hoy sé que aquel barco navegó más de dos mil kilómetros arriba y abajo del golfo de Guinea, y que no pudo atracar en Nigeria, Camerún ni Gabón. Lo sé porque lo he leído. Por alguna razón, el navío fue descubierto y su entrada fue vedada en los distintos puertos a los que se acercó. Tampoco se nos pudo desembarcar en alguna playa perdida. Así pues, me equivoqué en algo: el mundo sí sabía de nosotros y, en nuestro caso, reaccionó. Lo único que puedo decir ahora es que, si me hubieran dado un arma, yo habría matado.

Finalmente me habían convertido en una bestia.

Razones

Habíamos perdido la noción del tiempo; la oscuridad, la falta de comida y agua, consiguieron su objetivo. Apenas sí hablábamos para no malgastar fuerzas. Los gemidos de los moribundos se multiplicaban. Sólo Big Ngu era capaz de razonar en medio de aquella fatalidad.

—Puede que ya se les haya acabado la comida, porque no creían que iban a estar tantos días con nosotros en el mar. Pero pienso que van a matarnos, y quieren que estemos lo más débiles posible.

—¿Por qué? —le pregunté a Big Ngu.

—El barco ha tenido dificultades para llegar a la costa y desembarcarnos. Algo ha sucedido. Ese helicóptero nos buscaba o ha debido de dar la alarma, así que ahora no tienen adónde ir, y menos con nosotros aquí dentro. Para llegar a un puerto, antes tendrán que hacernos desaparecer. Somos la prueba. Sin prueba, no pasa nada.

—¿Quién sabe que estamos aquí?

—Alguien.

—¿Quién?

—No lo sé. Será bueno si llegan a tiempo y quieren ayudarnos. Y será malo si tardan o no saben dónde estamos.

—¿Le importamos a alguien?

—Oh, sí —escuché la risa hueca de Big Ngu—. Cuando combatía en Sierra Leona había mucha gente, sobre todo blancos, tratando de impedir todo aquello. Hablaban mucho y hacían poco. Llegaron a decir que Europa no compraría más diamantes para evitar así la financiación de la guerra. Pero los diamantes siguieron saliendo. Hay gente a la que le importamos, Kalil Mtube, pero están lejos. Y los que están aquí no lo tienen fácil.

—Manu Sibango decía que la culpa de todo la tienen los que compran el cacao tan barato.

—El cacao, los diamantes... ¿qué más da? Hace cientos de años nos llevaban a América para ser esclavos. Hoy somos nosotros los que lo hacemos. Puede que sea cierto que, mientras seamos mano de obra barata, el mundo blanco seguirá aprovechándose, pero ahora nos matamos entre nosotros mismos.

—Nadie vendrá a salvarnos, ¿verdad?

—No lo sé —había un atisbo de esperanza en su voz—. En Sierra Leona he visto gestos de personas que no tenían nada que ver con la guerra sacrificándose por desconocidos, ayudando; médicos, cooperantes, sacerdotes..., así que... ¿por qué no? Lo malo es que el barco ha vuelto a irse, y buscar un barco en el mar es como buscar un guijarro blanco en la orilla de un río lleno de guijarros de colores. Tal vez no sepan dónde estamos, y tal vez no lleguen a tiempo.

Jamás imaginé que Big Ngu fuese tan listo. Pero lo era. Sus palabras reflejaban toda la realidad. Acertó de lleno. Era alguien que no sabía leer ni escribir, pero la guerra, desde luego, le había hecho un hombre. Conocía la naturaleza humana y el color de su alma. Era escéptico, realista y pragmático.

Esa fue la noche de la matanza.

Se abrió la trampilla, nos apuntaron, y nos hicieron subir en grupos de veinte. Cuando el primero estuvo arriba cerraron la trampilla, pero escuchamos de igual forma sus gritos al ser arrojados al agua. También escuchamos un par de disparos para convencer a los reacios o acabar con ellos sin más contemplaciones.

Abajo comprendimos que era el fin, que íbamos a morir.

Oportunidad

Se les había ido el negocio al garete. Estaban de mal humor. Volcaban sobre nosotros su ira. Y es triste que para el hombre otro hombre no sea un igual, sino una bestia, alguien prescindible. Nosotros no éramos nada para ellos. Bueno, sí: dinero. Sin dinero...

Ibamos a morir todos, y la idea, lejos de parecer liberadora, se me antojó horrible, espantosa. No quería morir. De pronto, lo único que deseaba era vivir. Nada tiene mucho sentido, pero menos la muerte, y más a los quince años.

Subió un segundo grupo de veinte.

Volvimos a oír los gritos, y en esta ocasión sólo un disparo.

El tercer grupo ya no quiso subir. Nos hacinamos en las paredes de la bodega gritando. Hasta los más débiles, que apenas se tenían en pie, se levantaron para buscar una salida donde no la había. Uno de los hombres hizo un disparo, y uno de los niños de abajo cayó muerto. El resto se volvió loco. Un segundo disparo y un segundo muerto decidieron la suerte. Los hombres señalaron a los que debían subir en ese turno.

—¡Tú, tú, tú...!

Pensamos que era mejor morir arriba que allá abajo. Así que subió el tercer grupo.

Big Ngu y yo estábamos juntos, al fondo. Teníamos más fuerzas que los otros. Estábamos más endurecidos, él por la guerra y yo por el trabajo en los campos de Manu Sibango.

—Cuando subamos quédate conmigo —me susurró—. Puede que tengamos una oportunidad.

—¿Oportunidad? —mis dientes castañetearon—. ¿Estás loco? ¿Qué oportunidad?

—Un barco es una cosa muy complicada. Hay muchos huecos.

—¡Nos están tirando al agua o nos matan en cubierta!

—Deja que salten los otros, rezágate. Cuando yo te lo diga, corre.

Le miré como si estuviera loco. Era de noche, no encendían los focos para no dar pistas sobre su paradero, pero nos iluminaban con linternas y por la trampilla entraba el resplandor de arriba.

—¿Correr? ¿Hacia dónde?

Big Ngu no me respondió. No tenía la respuesta. Subió el cuarto grupo.

Los días pasados allí dentro habían sido monótonamente amargos. El tiempo no existía. Ahora la amargura era desesperante y el tiempo sí contaba. Corría desbocado. Al cuarto grupo le siguió el quinto, el sexto...

Big Ngu y yo fuimos seleccionados en el séptimo.

—¡Tú y tú! —nos ordenó uno de los hombres mientras nos apuntaba con su rifle.

Subimos por la escalerilla. Ibamos los últimos de un grupo de veinte. Nada más salir vimos lo evidente: ninguno de los que habían subido estaban allí. Los hombres, media docena, nos apuntaban formando un corredor hasta la borda. Había sangre en el suelo.

—¡Vamos, saltad!

El primero no quiso hacerlo. Era un niño de unos doce años. Un hombre le hundió una pistola en la frente.

—¡La costa está ahí mismo! —gritó otro—. ¡No la véis porque está oscuro y es de noche, pero está ahí, a unos pocos metros!

Big Ngu me hizo mirar hacia atrás. Había una escalerilla que subía y un pasadizo a su derecha que iba directamente a una puerta abierta.

—¡No sabemos nadar! —dijo alguien.

El de la pistola disparó, y en el lugar en que un segundo antes estaba la cabeza del niño, apareció de pronto una explosión de sangre.

—¡Saltad!

El segundo saltó al agua, y el tercero. Al cuarto tuvieron que empujarlo. Otros dos se resistieron. La mitad de los hombres acudió en ayuda del primero para echarlos por la borda. Dejaron de prestar atención al resto. Nosotros dos nos encontrábamos en una zona oscura, y el pasillo quedaba fuera de la vista de los que nos custodiaban.

Esa fue la oportunidad que esperaba Big Ngu.

—¡Ahora! —susurró en mi oído.

Búsqueda

Nos dispararon.

Pero la ventaja era nuestra.

La bala rebotó cerca de mi oreja y se perdió en alguna parte. Para cuando escuchamos el segundo disparo, ya nos habíamos metido por la puerta abierta al final del pasadizo, corriendo encorvados. Big Ngu iba el primero. Yo le seguía. Mis movimientos tenían la coordinación de un pato mareado, pero el aliento de la muerte en mi nuca ponía alas a mis pies. No hubo un tercer disparo, pero sí muchos gritos de ira a nuestra espalda.

—¡Echad al agua a éstos!

—¡Cuidado, que no se desmanden!

—¡Id a por ése!

—¡Eran dos!

—¿Seguro?

—¡No, era uno solo!

—¡Mierda, atrapadle!

Descendimos por una escalerilla que encontramos al otro lado de la puerta de cubierta. Todos los hombres del barco debían de estar arriba, porque no nos tropezamos con nadie. Nuestros pies descalzos no hacían el menor ruido, aunque jadeábamos como locomotoras viejas y mal engrasadas.

Otra escalerilla descendente.

—¡Cuanto más bajemos, mejor! —gritó Big Ngu—. ¡Abajo es un laberinto!

—¿Cómo lo sabes?

—¡Lo sé!

Yo pensé que también era una trampa mortal, sin salida, sin escape posible. Afuera estaba el mar. Allí dentro el camino a ninguna parte. Sin embargo, locura o no, seguíamos vivos.

Unos minutos más.

Aquel era un barco muy viejo, viejísimo. Estaba más para el desguace que para recorrer el mar. Por dentro estaba sucio, mal iluminado y peor ventilado. Pasadizos, camarotes inservibles, oxidación. Big Ngu abrió un par de escotillas. En un hueco encontró un hacha y se la llevó. Por detrás de nosotros las voces retumbaban, rebotando por aquellas paredes de hierro en forma de siniestros ecos.

—¡Idiota!, ¿adónde crees que vas? —se burló una voz.

—¡Te digo que eran dos!

—¡Ni que estuviesen organizados! ¡Esas bestias no piensan!

—¡Te voy a arrancar los ojos antes de echarte al agua!

—¡Mirad ahí!

Bajamos por la enésima escalerilla. Big Ngu abrió una puerta y nos encontramos con un acceso a la sala de máquinas. Allí sí había un hombre. Lo vimos controlando un aparato redondo y con una aguja. Cerró la puerta y dudó un sólo instante. En realidad, únicamente podíamos ir por la derecha o por la izquierda. Se orientó y se dirigió hacia la izquierda.

Llegamos a una pequeña bodega llena de bártulos.

Pero por la derecha había algo más: una especie de pasadizo angosto, a modo de canal de ventilación, que se introducía en las entrañas del barco, horizontalmente.

—¡Métete ahí! —me ordenó Big Ngu.

Entré el primero, gateando. Después lo hizo él con su hacha. El pasadizo giraba a la izquierda a los dos metros. No podíamos estar de pie, sino agachados, pero podíamos movernos. Una rata huyó al vernos aparecer.

Nos sentamos, jadeando, y esperamos.

Ellos no tardaron en llegar.

Hacha

Se habían repartido. Unos, por un lado, y otros, por el otro. Hasta la bodega llegaron dos. Oímos el roce de sus pisadas y la fatiga de su respiración. Uno tosió.

—¿Por qué no anuncias que estamos aquí cantando, estúpido? —le dijo el otro.

Comenzaron a registrar la pequeña bodega, los bártulos amontonados en ella. Big Ngu sacó un poco la cabeza para verlos y me hizo una seña, con el índice sobre los labios, para que no hiciera ruido. Pero también me indicó que mirara a mi espalda. Yo volví la cabeza. El pasadizo se acababa allí. Por arriba, y gracias al resplandor de las linternas, vi un tubo de ventilación muy estrecho. No tenía asideros, pero sí unos agujeros y placas desencajadas que permitían ascender por allí. No se veía el fondo. Por abajo, el pasadizo se estrechaba. Si optábamos por ese camino, tendríamos que reptar uno detrás del otro. Y si ellos nos encontraban, con un disparo sería suficiente.

—Mira ahí.

—¿Crees que voy a meterme por ese hueco?

—¡No es más que un crío! ¿Qué quieres que te haga, morderte?

—¡Te digo que eran dos!

—¡Primero dispara y luego métete!

—¿Y si la bala rebota? ¿Estás loco?

El francés de uno era correcto, el del otro chapurreado. No sé por qué, en ese momento pensé en Naya, y en Masa Bissou, y en Ama Naru. Quizás me estuviese despidiendo de ellos.

Big Ngu levantó el hacha.

El hombre entró.

Fueron unos largos segundos de espera. Yo miré la prolongación del pasadizo por abajo, y el tubo de ventilación por arriba. Tuve que decidir, y escogí subir antes que reptar sin poder levantarme. Los días pasados en la jaula habían sido terribles por el simple hecho de no poder ponerme en pie. No quería encogerme más. Alargué las manos y busqué el primer apoyo.

Lo que sucedió a continuación fue muy rápido.

El hombre se encontró a Big Ngu de cara, oculto en las sombras. Antes de que pudiera hacer o decir nada, el hacha de mi compañero ya se había incrustado en su cabeza, partiéndosela en dos. Su grito fue dantesco. Y a él se unió la voz del otro.

—¡Emmanuelle!

Yo empecé a subir por el tubo.

La tormenta se desató en el mismo momento en que tomaba el primer impulso. La lluvia de balas debió de acribillar tanto al muerto Emmanuelle como a Big Ngu. Oí sus gemidos. Cada bala que le penetraba en el cuerpo sonaba como un silbido.

Después, aquel cuerpo cayendo a plomo al suelo.

Yo seguí subiendo, afianzando cada movimiento de manos y pies, cortándome con los hierros afilados sin sentir el dolor. Estaba ciego de miedo, de rabia, de desesperación. Subí y subí hasta que encontré un hueco mayor, un simple agujero, y me metí en él.

Allí contuve la respiración todo lo que pude.

Registro

Llegaron hasta el tubo de ventilación, pero no subieron por él. Gritaron, para asustarme, sin saber si había alguien, si estaba allí; pero no me moví. Seguían discutiendo acerca de si éramos uno o dos. Casi no podía creerlo. Retiraron los dos cadáveres y aunque durante media hora sus voces no se alejaron demasiado, al final se marcharon, y me dejaron solo.

—Es una trampa... es una trampa... es una trampa.

Continué quieto.

Era una trampa.

Casi una hora después escuché un roce, y un suspiro, y una pequeña maldición. Alguien, muy cerca de mí, acababa de cortarse al tratar de subir por el tubo.

—¿Qué sucede? —preguntó una voz rompiendo el silencio.

—Me he cortado. ¡Diablos, es imposible que alguien haya podido trepar por aquí, esto es muy angosto!

—Ha podido hacerlo si era un crío.

—¡Pues sube tú!

—¿Adónde lleva ese conducto?

—¡Y yo qué mierda quieres que sepa! ¡Llevo lo mismo que tú en este jodido barco! ¡Tres semanas!

—Si había otro tiene que estar por ahí.

—¡Y si hay otro y lleva un hacha...! ¡Bah, a la mierda!

Una linterna iluminó el tubo, hacia arriba. Me aplasté en mi agujero. Se apagó al no encontrar nada sospechoso.

El cuerpo retrocedió. Supongo que llegó hasta un metro, más o menos, del hueco en el que yo me ocultaba.

Volvió el silencio.

Esta vez sin trampas, aunque yo seguí tan inmóvil como antes.

Después lloré por Big Ngu. Había torturado y matado a personas, en aquella guerra de Sierra Leona, pero a mí me había salvado la vida. Nunca más volvería a ver a su mujer y a sus hijos. Nadie sabría de él.

Nadie.

Lo mismo que de mí, si también moría.

Big Ngu tenía razón: un barco es un mundo, y tiene muchos agujeros, aunque fuese un cascarón medio muerto como lo era aquel. Me abrasaba la sed y me hería el hambre, y a pesar de ello me dormí en aquel lugar, vencido por toda la tensión anterior. Me dormí y no sé cuánto tiempo estuve allí, pero tuvo que ser mucho.

Cuando desperté, nada había cambiado.

Fuerzas

Ignoro el tiempo que pasé oculto en el agujero del tubo de ventilación de las entrañas del barco. No lo sé. Pudo ser un día, dos, tres... una semana. No, no creo que fuese una semana sin comer ni beber, inmóvil. Pero, desde luego, sí fue mucho. Todo estaba en silencio allá abajo. Se escuchaba únicamente el ronroneo de las máquinas. Y al final, ni eso. El barco volvía a estar detenido.

Temía salir, que me descubrieran y me mataran. Pero también temía morir allí. Un día, semanas, meses o años después, el barco sería desguazado y encontrarían un esqueleto. Y si se iba a pique... ni eso.

Cuando por fin decidí arriesgarme, enloquecido por la sed, al límite de mis fuerzas, descubrí que me sentía demasiado débil y anquilosado para moverme, y que mis miembros ya no me respondían. No era un ser humano. Era una voluntad y poco más. Voluntad de subsistencia, la rebeldía final. Lo poco que quedaba de mí flotaba como una nube inconsciente en torno a mi último aliento.

Pellizqué mis piernas, las golpeé, busqué el modo de que se sintieran vivas de nuevo. Hice lo mismo con los brazos. Cuando por fin pude moverme, sentí fiebre, arder partes de mi cuerpo que ni siquiera sabía que existían. Si quería robar agua o comida tenía que recuperar mi agilidad. Bueno... supongo que todavía creía en los milagros. No dejaba de repetirme que estaba vivo, vivo, vivo.

Me arrastré hasta el borde del tubo. La oscuridad era total, así que calcular la distancia hasta abajo era absurdo. Recordaba la angostura, los hierros rotos, los agujeros, las mil pequeñas trampas que observé al subir. Pero no tuve otra opción que intentarlo. Primero saqué el cuerpo, de espaldas, sujetándome con codos y brazos. Busqué dónde apoyar los pies. Luego hice un esfuerzo final. Inicié el descenso.

No lo conseguí.

No creo que bajase ni un metro, aunque tampoco sé cuánto caí. Lo recuerdo dentro de aquella gran pesadilla simplemente como una parte más. Perdí pie, mis manos no lograron la coordinación necesaria ni la fuerza para sostenerme. Me arañé el cuerpo, sentí un millar de picotazos al herirme con los bordes y salientes oxidados y, cuando llegué a la base del tubo de ventilación, escuché con claridad, mucho antes de que el dolor llegase a mi cerebro, el chasquido de mi pie derecho al romperse.

Ya no pude moverme más.

Y entonces sí: me rendí.

Voces

Vi a mi madre.
El país de las estrellas.
Y oí su voz.
—Hijo...
Yo no respondí.
Y ella insistió.
—Hijo...
Abrí los ojos y vi las estrellas. Todas titilaban por mí. Todas se conjugaban en aquella armonía suprema. Era un canto celestial. El universo entero se movía.
—Estoy hablándote.
—Madre...

—Sal.

—No... puedo...

—Te están llamando.

—Quieren matarme.

—No, ellos no. Escucha, Kalil Mtube. Escucha.

¿Escuchar?

¿Qué tenía que escuchar?

Volví a abrir los ojos, pero esta vez de verdad, no en sueños. No estaba de cara al cielo, mirando el país de las estrellas, sino donde había caído, en el pasadizo, al pie del tubo de ventilación. Otro día, dos o tres más. Y seguía vivo. Lleno de fiebre, muerto de hambre y sed, con el pie roto, pero vivo. Si me arrastraba hasta la pequeña bodega...

Vi un resplandor.

Y también oí voces.

—No hay nada, señores.

—Busquen bien. No dejen ningún hueco por examinar.

—Se lo dije, señores. Aquí no hay nada, ¡nada! ¡Santo Dios! ¿Quién puede creer que seamos negreros? ¡Estamos a las puertas del siglo XXI!

—¡Cállese!

A veces la diferencia entre un sueño y la realidad es muy pequeña.

A veces sobrevives o te dejas llevar por un matiz.

El resplandor que penetraba por el pasadizo, y que provenía de la bodega, iluminó de refilón a una rata. De hecho, alargué la mano para atraparla, dispuesto a comérmela viva.

Así fue como me di cuenta de que estaba consciente.

Y de que aquellas voces eran amigas.

—Los han echado a todos al mar, los muy hijos de puta...

—Señores, ¡señores! ¿Al mar? Somos...

La misma mano que alargué para coger a la rata golpeó la mampara metálica.

—¡Quietos!

—¿Habéis oído eso?

—¡Silencio! ¡Callaos todos!

Golpeé una segunda vez. Quise gritar pero tenía la boca seca.

«¡Estoy en el pasadizo, justo a la vuelta!»

—¡Ahí hay alguien!

—¡Chico! ¿puedes oírnos?

Con mi tercer golpe debí de rozar la pérdida de la consciencia una vez más. Aun así, juraría que vi el rostro de aquel hombre asomado sobre mí, con su linterna. Y también juraría que oí sus gritos.

—¡Aquí, señores! ¡Aquí hay uno! ¡Y está vivo!

Despertar

Creí que estaba en un cielo irreal, porque al despertar vi hombres y mujeres, blancos y negros, todos con batas muy blancas y puras. Hombres y mujeres que me sonreían. Y el lugar era muy bonito, igualmente blanco, apacible. Tenía algo conectado al brazo, unido con un cable a una botella medio llena de líquido que colgaba de un curioso perchero de metal; además, tenía mi pie derecho embutido en una coraza blanca, y en alto. Había máquinas extravagantes, aparatos que jamás había visto, y aunque me sentía débil, el dolor no me producía angustia, sino un sentimiento de liberación.

Si no me hubiese dolido, no estaría vivo.

—Ya despierta, señor —dijo una mujer.

Y todos se acercaron a mí, me pusieron una mano en la frente, me acariciaron la mejilla, me hablaron.

—Hola.

—¿Cómo te encuentras?

—Estás a salvo.

—¿Cuál es tu nombre?

—Tranquilo.

La diferencia entre la vida y la muerte a veces es muy pequeña. Y en África, mi mundo, es tan pequeña que resulta insignificante. La diferencia entre vivir o morir puede estar en una simple rata observándote mientras tú te planteas la posibilidad de comértela.

Eso es África.

Mi África.

epílogo
CINCO AÑOS DESPUÉS

Lancé una mirada a la grabadora cuando Kalil bajó los ojos al suelo y, conteniendo la última emoción, dejó de hablar.

—Mi África.

Esas dos palabras flotaron entre nosotros.

Unos largos, muy largos segundos.

—¿Quieres añadir algo más? —le pregunté.

Hizo un gesto vago y alzó de nuevo la cabeza. Sus ojos se encontraron con los míos.

Unos ojos serenos, plácidos. Los ojos de quien ha vuelto del infierno y es capaz de contarlo.

—Usted conoce el resto, señor.

Kalil Mtube suspiró.

Apagué la grabadora. Creo que él lo necesitaba. No había dejado de mirarla hora tras hora, día tras día. Tan esclavo de ella como un día lo fue de Manu Sibango y de su destino. Las ruedecitas dejaron de girar y quedamos libres de su inercia. No volví a arrellanarme en la butaca, apoyé los dos codos en las rodillas y mantuve la horizontal de su mirada.

—El resto es otra larga historia, Kalil.

—Me salvaron, se desató el escándalo, fui el único superviviente de aquel barco... De eso ya hablaron los periódicos, todo el mundo lo conoce.

—Y volviste a casa.

—Volví a casa —asintió.

—¿Crees que tuviste suerte?

—Sí, claro.

—¿Y nada más?

—Huí del campo de Manu Sibango, me escondí en el barco... No me rendí, si es eso a lo que se refiere.

No había conseguido que me tuteara. Siempre me hablaba de usted. Y llevábamos juntos más de dos semanas. Cinco años después, y a pesar de haber estudiado y aprendido, Kalil Mtube todavía sentía el peso de su legado.

—Tuviste una oportunidad.

—Y la he aprovechado, creo, aunque...

—¿Qué? —le alenté a seguir.

—Sigue habiendo explotación, países que exportan niños y países que los importan, esclavitud, personas que se benefician de ello y personas capaces de matar a un niño a sangre fría, guerras como la de Sierra Leona y naciones ricas que construyen su economía sobre la sangre de los más débiles... Nada ha cambiado, señor.

—Tu historia cuenta. El mundo intenta ayudar, y lo sabes.

—El mundo lleva años sabiendo esto, y sólo unos pocos aquí y allá hacen algo, aunque siempre cuando ya es demasiado tarde. ¿Cuántos niños más tendrán que morir para que las grandes potencias nos escuchen? Con lo que cuesta un simple tanque se abrirían miles de pozos de agua, con los que millones de personas tendrían una oportunidad aquí mismo, en África.

—¿Escéptico?

—Realista. Por eso sigo estudiando.

—Y vas a luchar.

—Por supuesto. De entrada, para decir a los padres que no vendan a sus hijos, y que no se dejen engañar, por ignorancia, cuando alguien les diga que su hijo tendrá una oportunidad porque lo vaya a adoptar una familia rica que le dará de comer, o cuando les prometan un trabajo digno con el que un día podrá regresar a casa con dinero. Ése será el primer paso. Después habrá que ir a por los intermediarios, y los empresarios que emplean niños, y...

Por un momento, sus ojos desprendieron chispas. Un fogonazo de furia. Rápidamente volvieron a su opaca transparencia. No recordaba haberle visto reír. Tenía veinte años, la edad de miles de jóvenes en el mundo entero, pero Kalil Mtube no reía.

—¿Cuánta gente conocerá mi historia, señor?

—Mucha gente, te lo prometo.

—Nunca es suficiente.

—Lo sé.

—Todavía tengo que encontrar a mi hermana pequeña, ¿sabe?

Le puse una mano en la rodilla. Existía un profundo respeto entre los dos. De no haberlo habido, aquello habría sido imposible. Confiaba en mí. Y lo que me esperaba no era fácil, a pesar de mi experiencia. Dar forma a aquella historia era difícil.

—¿Hay algo que quieras decir antes de que me vaya? —se me ocurrió preguntarle de pronto.

Se encerró un poco en sí mismo y en sus recuerdos. Viajó hacia dentro. Lo supe porque sus ojos, aunque me miraban, dejaron de verme. Pensé que iba a decirme que no, que ya estaba todo dicho, que dependía de mí darle forma al conjunto cuando lo escribiera.

Me equivoqué.

—Naya —suspiró.

—¿Naya?

—Aún la echo de menos, señor. Nunca podré olvidarla. Yo habría muerto en la plantación de Manu Sibango, jamás me habría escapado. Fue ella la que... Fue su muerte la que me obligó a vivir y a ser libre.

Tampoco lloró hacia afuera.

Pero supe que sí lo hacía por dentro.

—Suerte, Kalil.

Y los dos nos estrechamos la mano.

agradecimientos y recuerdos

A mis guías y compañeros de viaje, Antonia, Margarita, Paco. A quienes lo vivieron y lo han contado. A Jaume, que lo documentó. A los quince mil niños esclavos —las cifras son imprecisas— que trabajan en los campos de cacao de Costa de Marfil. A los diecisiete millones de niños que en todo el mundo —las cifras son de nuevo imprecisas— viven en condiciones de esclavitud. A los trescientos mil niños —más imprecisión— que luchan hoy en las dos docenas de guerras que asolan el planeta. A los trescientos millones de niños —¿cabe más imprecisión al hablar de «millones» en números redondos?— que combaten en guerrillas, son desplazados, obligados a prostituirse, viven abandonados en los suburbios de las grandes ciudades o trabajan en condiciones infrahumanas sin derecho a nada, ni un salario digno, ni higiene, ni escolarización, a lo largo y ancho de este mundo nuestro de cada día. Y a los dos millones que sólo en la última década han muerto en guerras, los seis millo-

nes que han quedado mutilados, los doce millones que han sido desplazados de sus casas o aquellos que desaparecen sin más para que sus órganos sean trasplantados a los hijos de quienes pueden pagarlo.

Niño más, niño menos.

Jordi Sierra i Fabra
Primavera de 2001

ÍNDICE

Carta de presentación 7
Prólogo: Los recuerdos 9
1. El camino 13
2. La esclavitud 33
3. El campo 59
4. El tiempo 85
5. La libertad 115
6. La captura 143
7. El barco 169
Epílogo: Cinco años después 189
Agradecimientos y recuerdos 193

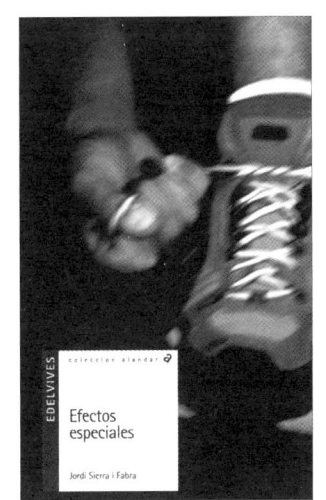

Efectos especiales

Jordi Sierra i Fabra

ALANDAR, +14 n.º 149. 212 págs.

Antonio, un joven barcelonés, es considerado un prodigio del atletismo. Con 17 años logró dos importantes marcas en 1500 metros, pero a lo largo del último año no ha seguido progresando. Ahora se enfrenta a la carrera que le puede dar una plaza para acudir a los juegos olímpicos, pero el miedo al fracaso está muy presente, sobre todo por la presión de su familia, sus amigos y compañeros deportivos. Antonio va a tener que tomar algunas decisiones trascendentales para su futuro deportivo y vital.